みんなで読む
源氏物語

JN049092

渡辺祐真 編
Sukezane Watanabe

ハヤカワ新書 018

まえがき

渡辺祐真

『みんなで読む源氏物語』へようこそ！

この本では、様々な書き手たちが、日本文学の古典『源氏物語』の楽しみ方、その作者の紫式部の魅力を自由に語ります。

千年以上もの間、日本のみならず世界中の数多の読者によって読まれ、愛され続けてきた『源氏』。その受容の歴史を簡単に振り返れば、『源氏物語』が書かれたのは平安時代中期。西暦で言えば、一〇〇〇年ごろ。当時は印刷技術などありませんから、人々の手によって書き写されていきました。しかし、みんなが正確に書写するわけではなく、ミスがあったり、それぞれの好みで書き換えられたりするのは日常茶飯事。その結果、たくさんのバリエーションが生まれてしまいました。

そこで、自分の『源氏』こそが正しいものだと、競争が生まれます。時代は鎌倉時代。新興勢力たる幕府（武家）は金や力はあるものの、文化的な教養がなく、正しい『源氏』を整えることで、その威信を発揮したい。一方の朝廷（貴族）は、幕府が登場したことで金も力も落ち目ですが、文化を担ってきたというプライドがある。両者、全く譲りません。

決着をつけたのは、天才歌人・藤原定家（一一六二～一二四一）。彼は朝廷側の人間で、満足な資金もなかったのですが、一流のセンスで『源氏』の本文を整えました。この本文は、今日でも『源氏』のスタンダードの一つになっています。

その後、『源氏』に精通していることは、文化的な権威になりました。豊臣秀吉や徳川家康は『源氏』に強いこだわりを持っており、特に家康は大事な合戦の前にわざわざ『源氏』の伝授（授業）を受けていたほど。これは単に『源氏』が好きという以上に、『源氏』という最高の文化を受容している徳川についてこい、というメッセージだったはずです。そうした高い階級の人だけではなく、能や歌舞伎、雛人形や絵といった芸術を通して、庶民にも『源氏』は愛されていきます。特に江戸時代は、その傾向が強まりました。

そして、近代（明治時代）になっていよいよ『源氏』は海を飛び越えます。一八六七年のパリで開かれた万国博覧会を機に、日本文化を海外に紹介する機運が高まったのです。一八八二年には末松謙澄による英訳（抄訳）が生まれ、そしてついに一九二五～三三年にイギリス人の東洋学者アーサー・ウェイリーによる英訳（ほぼ完全な訳）が刊行されました。海外への影響、日本文化の見直しといったムーブメントから、日本人の『源氏』熱も燃え上がっていきます。しかし原文で読むことに人々は困難を感じていたので、現代語訳が次々となされたのでした。代表的訳者は与謝野晶子、谷崎潤一郎、窪田空穂などです。以降、『源氏』は三〇以上の言語に訳され、漫画やアニメ、ドラマなどにもなり、実に広く愛されています。

ここまでの説明で、『源氏』が長く、広く読み続けられているすごい物語ということはご理解いただけたはずです。とはいえ、とても長大で、古い物語なので、なかなか読めない、読んでもよく分からなかったという人も少なくないと思います。

しかし、本書を手に取ったからには、「みんなで読む」の「みんな」の一員になったつもりで、肩肘を張らずに、楽しんでみてください。

確かに学ばないと分からない平安時代の文化や常識、言葉などもありますし、文学的な知識や社会的な経験を積むことで『源氏』を深く味わうことができるのは事実です。ただ、それと同時に、千年も読まれるだけの面白さがあります。

本書では、『源氏』や紫式部に関する基本的な情報、『源氏』をはじめとした古典に親しむための方法といった心構えに始まり、登場人物たちの魅力、海外での受容のされ方、更には現代的な読み方に至るまで、『源氏』の楽しみ方が満載です。

まずは各章の簡単な内容を紹介します。

【PART1　『源氏物語』の門前】

まず最初に『源氏』とその作者・紫式部、そして彼女が生きた平安時代の概観です。事前知識に自信がないという方はここから読まれることをおすすめします。

「第1章　『源氏』ってどんな物語?——あらすじと主要人物を一気に知る」では、要点を絞って『源氏』のあらすじと読みどころを一気に辿ります。複雑な物語ですが、とにかく一番中心となる幹を知ってください。ここで登場する固有名詞や内容を知っておけば、『源氏』の入り口に立つことができるはず。

「第2章　紫式部とその時代」では、平安文学の専門家である川村裕子さんが、紫式部の生涯や彼女が生きた時代について、分かりやすく解説してくれます。紫式部に興味のある人、『源氏』が書かれ、またその舞台となった時代がどのようなものか知りたい人にうってつけです。

【PART2　『源氏物語』に親しむために】

続いて、古典にはなんだか苦手意識があるという人や、『源氏』についてはなんとなく知っているけど、いまいち楽しみきれないという人に向けて、古典や『源氏』に一歩踏み出すための方法をお伝えします。

「第3章　日常づかいの和歌・古典」は対談です。歌人であり、『源氏』作中の和歌を現代短歌に変身させた『愛する源氏物語』などの著書もある俵万智さん。そして能楽師であり、能による生きた知識をもとにして分かりやすく、身体に入ってくるようにして古典を教えてくれる安田登さん。こちらのお二人が、和歌や古典を仰々しいものではなく、日常で使えるような便利で楽しいものとして、仲良くなる方法を語ってくれます。『源氏』に限らず古典全般についての様々な話があるので、『源氏』を詳しく知らない人もどうぞ！

「第4章　『源氏物語』のヒロインを階級で読む」は、古典から現代文学まで幅広く、新鮮な魅力を提示する書評家の三宅香帆さんが語る、人物から迫る『源氏』の魅力。『源氏』のヒロインの身分に着目することで、ハッとさせられるドラマが展開していたことに気が付きます。まるで当時『源氏』を読んでいた女房たちの談義に交ぜてもらうように、『源氏』を楽しんでみてください。

【PART3　時代を超える、言語を超える】

『源氏』は日本のみならず、世界中で読まれています。大きなきっかけとなったのが、先述した、アーサー・ウェイリーによる英訳です。その影響は当時のイギリスで絶大でしたし、その英訳があまりに見事だったために、逆にそれを日本語に訳し戻してみようという不思議な試みもなされたほど（しかも完訳が二回も！）。

「第5章　現代〝小説〟としての『源氏物語』——ヘテログロシアの海で」では、翻訳家の鴻巣友季子さんが、当時のヨーロッパで『源氏』がどのように受け止められたかに迫ります。更に、ウェイリーとも親しかった作家のヴァージニア・ウルフによる『源氏』書評の翻訳も掲載していますので、実際の感想に耳を傾けてみてください。

「第6章　謎と喜びに満ちた〈世界文学〉——英語を経由して『源氏物語』を読む効能」は、翻訳や創作の観点から『源氏』を語る鼎談です。ウェイリー『源氏』を、再び日本語に訳す「戻し訳」をされた毬矢まりえさんと森山恵さん。そして、同じく自作の中でウェイリー訳の一節を訳した小説家の円城塔さん。一語一語の選択というミクロな読解から、作品全体の構築というマクロな視点まで、縦横に語ります。単に読み、解釈するだけではない、能動的な『源氏』との関わり方を見つけてください。

【PART4　こんな視点でも読み解ける！】

最後は、現代の視点から『源氏』を読みます。古典は、書かれた時代にどのように読まれたかを知るのも大事ですが、今を生きる私たちだからこそ新たに発見できる魅力を発見するのもまた、素敵な読書です。

「第7章　イギリス文学から考える『源氏物語』――ケア、ピクチャレスク、無意識、コモン・ガール」。ケアという観点から、現代の漫画や小説を鮮やかに読み解く英文学者の小川公代さんは、イギリス文学を補助線に、『源氏』に秘められた現代的な価値を炙り出していきます。社会的な弱者の声なき叫び、出産や育児、無意識、そしてケアなど、千年も前にこんなことが書かれていたのか！　と驚愕するはずです。

「第8章　データサイエンスが解き明かす『源氏物語』のことばと表現――本居宣長からChatGPTまで」は、最も最先端な読みと言えるでしょう。AIやテキストマイニングといった、コンピューター技術を駆使して古典を研究されている言語学者の近藤泰弘さんと、文筆家の山本貴光さんによる対談です。コンピューターによる古典研究の方法や、それによって見えてきた『源氏』の新たな魅力までを丁寧に語ってくれます。コンピューターを使った古典研究の入門としても、意義深いお話です。専門的な話も多いですが、サイエンスにも文学にも詳しい山本さんが見事なアシストをしてくれているので、大船に乗ったつもりで、安心して読んでください。

更に、各PARTの間には、これまたバラエティ豊かな書き手による、四つのコラムを設けました。

「コラム① 挫折せずに読み通すには」では、二回も挫折し、三回目にしてやっと『源氏』を読破したという芸人のラランド・ニシダさんが、実体験をもとに、読み通す極意を正直に綴ってくれています。これから『源氏』を読み通そうと腕まくりしている方にはヒントが満載だし、日本古典に苦手意識を持つ者が仲直りするまでの刺激的なエッセイとしても楽しんでもらえるはずです。

「コラム② 夕顔物語」の筆者である作家・宮田愛萌さんは、『万葉集』を愛読する生粋の日本古典好き。そんな宮田さんの文章からは『源氏』が格式高い古典であることなんて全く感じず、ただ魅力的な物語として楽しんでいる様子が伝わってきます。それでいながら多層的な読解に、物語を批評する醍醐味も感じられるでしょう。

「コラム③ 源氏物語変奏曲」を執筆したのは、理論物理学者で、気品のあるエッセイでも知られる全卓樹さん。『源氏』にインスパイアされた流麗な物語（随筆）でありながら、ヨーロッパ文学との共鳴を辿る見事な試論に仕上がっています。時代も国も言語も超えて、人と作品とが出会い、そこから更なる作品が生まれる。太古から続く、言葉のバトンの最先端がここにあります。

「コラム④　人はなぜ物語を必要とするのか」は、二〇二〇年に『源氏』の現代語訳を成し遂げた、作家の角田光代さんによる文章です。『源氏』を中心に、私たちが物語というものを読む意義はどこにあるのかを、丹念に、そして明快に語っていただきました。本書では、読者のあなたも含めた、色々な視点で『源氏』を読み解きますが、その意義も考えさせられるような文章です。

最後には、『源氏』や紫式部にゆかりある名所案内「源氏「聖地」めぐり」を掲載しました。『源氏』でどのように描かれているか、どのような謂れのある地なのかといったガイド、そしてイラストレーター・錫杖撫莉華さんによるかわいい京都マップ付きです！　長い歴史を通じ生と死によって彩られた京都やその周辺の地には、様々な魅力や歴史が眠っています。ぜひ本書を片手に、実際に足を運んでみてください！

以上が本書の全体像です。

編者である私自身、みなさんの文章を通して『源氏』の魅力に改めて気付かされました。特に大きいのは、『源氏』が、どこまでも普遍的な心を描いていること。時に率直に、身体を通して、時に花や虫に託して、心が描かれます。その繊細で奥深い心の描写を読んでいると、無性に涙がこぼれるときがあるのです。

千年も昔のフィクションでありながら、丹念に、色々な知識と経験を持って向き合うことで、人間の尊さと醜さとかけがえなさと狡《ずる》さと愛おしさと平凡さと優しさと惨めさと欲深さと鋭敏さとどうしようもなさとが、胸に溢れます。

誰かに嫉妬した人、誰かを愛したことがある人、自分の生まれを嘆いたことがある人、自分が才能や容姿に恵まれているが故に苦悩したことがある人、大切な人を喪ったことがある人、そういう人なら必ず『源氏』は響きます。

ぜひ本書で『源氏』の魅力に出会ってください。

補足しておくと、本当にどこから読んでもらっても構いません。

とにかく気になった章から読んでください。

そしてそれと同時に、現代語訳でいいので、『源氏』自体に触れてください。

全部じゃなくて構いません。少しだけでもいいので。

そうすれば、あなたも「みんな」の仲間入り！　『みんなで読む源氏物語』はそのとき本当に完成します。

さあ、『源氏物語』を一緒に楽しみましょう！

参考文献

■三田村雅子『記憶の中の源氏物語』新潮社、二〇〇八年

目　次

PART
1

『源氏物語』の門前

第1章

『源氏』ってどんな物語?

——あらすじと主要人物を一気に知る

渡辺祐真

渡辺祐真（わたなべ・すけざね）

はじめに

『源氏物語』は長大な物語です。

全五十四帖（章のようなもの）という長さはもちろん、作品の中で描かれる時間も約七〇年と実に長大です。すると当然、登場人物も大変多く、優に四百人を超えます。

書かれたのも舞台となるのも今から約千年前のことですから、文化や常識、しきたりなどは大きく異なり、なかなか理解できないこともあるでしょう。

『源氏』に対して苦手意識がある方は、こうした長篇の古典ならではの難しさに圧倒され、なかなか読み通せないという場合が多いのではないでしょうか。

しかし、『源氏』は部分的に楽しんでも良いし、細部まで全て理解する必要もありません。自分の好きな人物やシーンが一つでも見つかれば一生の経験ですし、心に残る和歌を一首でも暗誦できれば心の宝物になるはずです。一方で、なんとなく飛ばし読みして、人物がイメージを結ばず、誰が誰だか分からなくなってしまい、結局何も残らなかったとなれば、読んだ意味があまりありません。

そうならないためには、まず『源氏』という作品を大まかに知っておくことが肝要です。というわけで本章では、『源氏』の主要な人物やあらすじについて要点を絞ってお伝えします。まずは『源氏』の門戸を叩いてみましょう。

『源氏』を三部に分ける

先ほど書いた通り、『源氏』は五十四帖あります。全五十四話の連続ドラマと考えれば、その長さがよく分かると思います。これだけ長い物語なので、時系列によっておおよその部に分けたり、いわゆるメインストーリー（本篇）とサブストーリー（番外篇）のようなものに分けたりと、色々な区分けが可能です。

まずはそうした区分けをしつつ、ざっくりとした全体像をお伝えします。


ご存知の通り、『源氏』は「光源氏」という、イケメンで音楽や絵画、和歌の才能に恵まれた貴公子が様々な恋愛を経ながら、宮中で政治的にのし上がっていくストーリーです。

ただし実は、光源氏が大活躍するのは全体の半分くらいまでで、最後の四分の一くらいには登場すらしません。というのも後半になると、光源氏の息子世代、孫世代が活躍するようになり、光源氏は一線を退いたり、亡くなっていたりするためです。

しかも面白いのは、むしろここからだったりします！　物語前半ではイケイケだった光源氏が、権威を全身にまとい、人々に敬われながらも、あまりに大きな権力を持つことから少し敬遠されるようになります。更にそのタイミングで新しい世代が登場し、徐々に光源氏のコントロールが利かなくなっていく。

更に時間が進むと、光源氏は出家（死去）したため完全に物語から姿を消し、残された光源氏の息子や孫世代が光源氏亡き後の世でどのように生きていくかが語られます。様々な波乱も見応えがありますし、人生とは何かという大きな問いも胸に迫るものがあり、圧巻のラストと言えるでしょう。

以上がおおよその構造になっています。まとめてみましょう。

・第一部：光源氏の活躍：1桐壺～33藤裏葉
・第二部：光源氏の落日・晩年：34若菜　上～41幻・雲隠
・第三部：光源氏亡き後の世界：42匂宮～54夢浮橋

これで『源氏』の超ざっくりとした全体構造は見えたかと思います。

ここからはもう少し詳しい内容を見てみましょう。ここでは第一部を中心に紹介します。

先ほど、面白いのは第二部や第三部と言ったものの、やはり『源氏』と言えば光源氏が活躍する第一部をイメージする方が多いでしょうし、能などでも第一部のエピソードを題材にすることが多いです。そして「須磨帰り」（十二帖「須磨」のあたりで脱落しがち）という言葉が生まれるくらいに、挫折してしまう人が多いのも第一部です。

なぜか？

それは、第一部には色々な話が詰め込まれているため、魅力的なシーンや人物が目白押しな一方で、いったい物語がどこに向かっているのか分からなくなるからだと思います。『源氏』は長大な作品なので、メインストーリーとサブストーリーが複雑に絡み合っています。連続ドラマや連載漫画でも、メインの目的に関わる話がある一方で、ちょっと息抜き的に脱線したり、寄り道をしたりする話があるのと同じです。

というわけで、まずはメインの話に絞って概観していきましょう。

光源氏誕生す　〜『源氏』の主要登場人物たち〜

いつの時代のことか、桐壺帝《きりつぼてい》という天皇がおり、彼に深く愛された桐壺更衣《きりつぼのこうい》という女性がいました。しかし当時、天皇は様々な女性と恋をし、たくさんの世継ぎをもうけることが仕

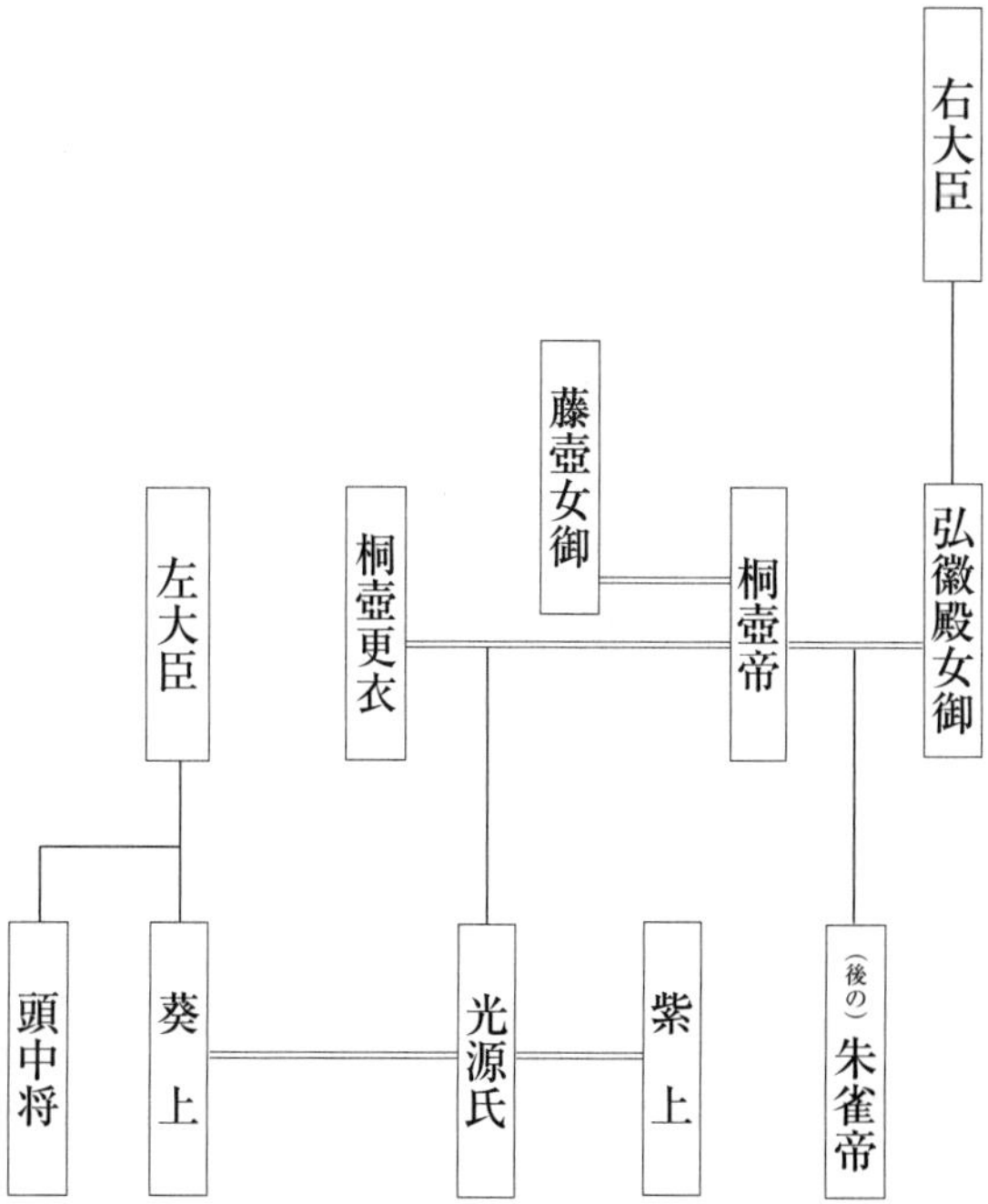

第一部前半

事なので、一人の女性だけを愛するというのは御法度。その結果、桐壺更衣は、他の女性から疎まれ、いじめを受けます。やがて心身を病んだ桐壺更衣は、息子を産むと亡くなってしまいました。

それが後に「光源氏」と称えられる皇子です。

ところがここで問題が起きます。光源氏は天皇の息子、すなわち将来は天皇になれる可能性がある人物です。そして、この時代は母親の家系がどれくらい権力を持っているかが天皇になれるかを大きく左右しました。しかし、彼には後ろ盾がありません。母親もその一族の多くも亡くなっています。となれば、他の皇族からすればただ目障りな存在です。このままだとどんな不幸な目に遭うか分からない。

愛する女性との子供の未来を考えた桐壺帝は、一計を案じます。光源氏を皇族から外したのです。それは「臣籍降下」と呼ばれる処分で、皇族が臣下の位に落ちることを意味します。当時、皇族が増えすぎて財政を圧迫していたので、しばしばこのような措置がとられていました。

結果、光源氏は皇族ではなくなります。天皇になれたかもしれないのに、天皇になることが叶わなくなった皇子、それが光源氏です。

彼はこのコンプレックスに突き動かされて生きていくことになりますが、それと同時に、臣下として自由に振る舞い、その才能を存分に発揮することができるようになりました。その圧倒的な存在感は瞬く間に評判になっていきます。

多くの人は祝福してくれますが、苦々しく思っていたのが弘徽殿女御《こきでんのにょうご》という女性です。彼女は桐壺帝の妃であり、その息子は将来の天皇候補の筆頭です（実際、桐壺帝の後、朱雀帝《すざくてい》となります）。彼女からすれば、同じ桐壺帝から生まれた息子なのに、光源氏ばかりがチヤホヤされていては面白くありません。もちろん、やがて光源氏が権力を持つようになれば、政治的にも対立する恐れがあります。こうして弘徽殿女御は光源氏を憎み、なんとか追い落とそうとする敵役になっていくのでした。

その後どうなるか、要点を二つだけ。

まず、光源氏は十二歳で元服をすると、結婚をします。相手は左大臣の娘である葵上《あおいのうえ》。左大臣というのは超有力者ですから、かなり心強い政略結婚です。

しかし葵上からすると、光源氏は年下で身分も高くない。相手としては不満があります。結果、夫婦仲はうまくいきませんでした。そんな彼が心を許せたのは、葵上の兄である頭中将《とうのちゅうじょう》です。彼は物語を通して、光源氏の良き友人であり、良きライバルとなります。

もう一点、桐壺帝は、桐壺更衣亡き後、彼女によく似た女性・藤壺《ふじつぼ》と結婚します。しかし、藤壺に惹かれたのは桐壺帝だけではありません。光源氏も母のように彼女を慕っていましたが、やがてその心は恋心へと変貌します。そしてついに二人は交わり、後には不義の子が誕生してしまうのです。

光源氏の危機

物語が大きく動くのは「若紫」という帖です。

光源氏が十八歳の頃、病気療養のために北山という山に赴きます。そこで偶然に、近くにあった家を覗くと、藤壺によく似た十歳くらいの少女「若紫《わかむらさき》（紫上《むらさきのうえ》）」を見かけます。若紫に強く心惹かれ、自分の理想の女性に育てたいと思った光源氏は、若紫の育ての親である祖母が亡くなった機に乗じて、自邸に若紫を引き取り、育てるようになるのでした。

この若紫こそが、光源氏にとって生涯の伴侶となる女性です。これ以降も様々な女性と恋をしますが、若紫の存在だけは別格であり続けます。

生涯の伴侶を得て、その後も宮中の催しで青海波《せいがいは》という舞を披露して人々を虜にするなど、好調な光源氏ですが、次第に暗雲が立ち込めます。

まず、妻である葵上が亡くなります。どうやら光源氏が通っていた女性・六条御息所《ろくじょうのみやすどころ》による強い嫉妬で呪い殺されてしまったようです。

更に、藤壺が光源氏の子を出産。しかし世間的には桐壺帝（桐壺院）の子供とされているため、将来の天皇候補として崇められます。そうした不義によって、光源氏は深い罪の意識に苛まれますが、その矢先に桐壺院が亡くなってしまいます。光源氏からすれば、父は真実を知っていたのか知らなかったのか、知っていたならば自分に対してどのような思いを持っていたのか、ますます苦しみます。

更に更に不幸は続きます。光源氏は朧月夜《おぼろづくよ》という女性と恋に落ちます。ところが、朧月夜は敵対する弘徽殿女御一族の女性で、その上、天皇（朱雀帝）の寵愛を受けていたのです。そして、その恋が露見してしまうのでした。

こうなっては光源氏の立場は最悪です。このままだと流罪になってしまうかもしれない。それならばと、罪が決まるのに先んじて光源氏は自ら須磨（現在の兵庫県）へと退去するのでした。

これまで絶好調だった光源氏からすれば、突然の急降下です。都でも、もう光源氏はダメだと噂されるほど。

さあ、どうなる光源氏⁉

光源氏の危機・生還

須磨は、当時の感覚からすれば都の果てでした。元々は「すみ」が語源と言われるくらいで、須磨以東は貴族が住む場所（畿内）、須磨から出たらもう外の世界（畿外）。すなわち須磨はこの世の端という認識だったのです。

そんな辺境で光源氏は心細く、わずかな従者たちと過ごします。もちろん、若紫たちは都に残してきたままです。

友人の頭中将が訪ねてきてくれることくらいを救いにしつつ、鬱々とした日々が続いていましたが、ある日、須磨の近くにある明石に住む有力者・明石入道《あかしのにゅうどう》が光源氏の噂を聞き、丁寧にもてなしてくれることになります。更に、その娘（明石の君）との結婚の約束まで取り付け、徐々に運気が上向くようになるのです。

まるで呼応するかのようにちょうどその頃、都では朱雀帝や弘徽殿女御が相次いで病に倒れます。そうした状況を朱雀帝は強く不安に思い、光源氏がいてくれればなんとかなると、周囲の反対を押し切って、光源氏を都に戻す決断を下します。

光源氏、地獄からの生還です。

都に戻ってからは大騒ぎ。朱雀帝は退位をし、天皇の位を冷泉帝《れいぜいてい》に譲ります。彼は光源氏と藤壺の子（世間的には桐壺帝と藤壺の子）です。藤壺と光源氏は昔のような関係ではなく、新しい天皇を支える協力者として手を組みます。

加えて、政敵の弘徽殿女御たちの勢力も勢いを削がれたことで、完璧な光源氏の時代が到来するのです。

ここまでが第一部の前半です。

サイドストーリーに登場する女性たち

第一部前半のメインストーリーのあらすじを超駆け足で見てきました。

ただ先述の通り、『源氏』にはメインからは外れる様々なサイドストーリーが存在します。第一部の後半では、光源氏が宮廷の中で盤石な権力を築き、これまで恋愛した女性たちとの再会や生活が描かれていくのですが、その中にはサイドストーリーで登場した人物たちが再登場します。

するとサイドストーリーを読んでおかないことにはいったい誰が誰だか分からず、ほとんど楽しめなくなってしまうでしょう。

というわけで、ここからは人物単位で紹介していきます。

・六条御息所

『源氏』の中でも最も有名な女性の一人ではないでしょうか。サイドというには無理があるくらい存在感の大きい女性です。

彼女は前東宮《ぜんとうぐう》（桐壺帝の弟。将来の天皇候補）と結婚していましたが、東宮が早くに死去。高貴な未亡人として知られていました。ある時に、光源氏が求愛したことで二人の関係が始まりますが、プライドの高さから激しい嫉妬に駆られ、もののけとなって他の女性に取り憑きます。

・空蟬《うつせみ》

まだ若かった光源氏が恋をし、拒絶された女性。

光源氏は、頭中将ら、友人の男性貴族たちと理想の女性について談議します（雨夜の品定め）。そこで、身分が高すぎもせず、低すぎもしない「中の品」の女性が理想だと聞いた光源氏は、そうした女性を探し求めます。そこで出会ったのが空蟬でした。

空蟬は光源氏を拒絶した数少ない女性で、その経験が光源氏を成長させます。

・夕顔《ゆうがお》

市井《しせい》にひっそり暮らす女性です。光源氏は偶然に彼女の家の前を通りかかり、彼女と恋に落ちます。この経緯は、空蟬と同じく、中の品の女性を求めていたからです。

初めこそ首尾よくことは運びますが、二人で都の外れにある屋敷に滞在中、彼女はもののけによって殺されてしまいます。

空蟬とは違った意味で、光源氏の心に深い傷を残した女性です。

・**末摘花**《すえつむはな》

零落した姫君です。光源氏はその噂を聞き、必死に口説きますが、彼女の手紙の作法や和歌の応答などがなっておらず、不信感を抱きます。しかし、ライバルの頭中将が負けじとばかりに末摘花にアプローチを仕掛けたことから、光源氏も応戦。実際に結ばれることになるのですが……。

・**花散里**《はなちるさと》

桐壺帝の妻の一人である麗景殿女御《れいけいでんのにょうご》の妹。光源氏とは幼い頃から親交があったようで、長く落ち着いた関係を結びます。劇的なエピソードはほとんどない分、温厚な性格で光源氏にとって心安らげる女性です（ただし、その分、あまり優遇されないという気の毒な面もあります）。

光源氏、栄華の極みへ

第一部後半では、光源氏の栄華が描かれます。並行して、光源氏の子供たちなどの次世代の人々も徐々に頭角を現しはじめる頃です。

中でもキーパーソンとなるのは、頭中将と夕顔の遺児である玉鬘《たまかずら》。彼女は幼い頃に乳母一家とともに筑紫（九州）に下って、その地で成長しており（二十歳くらい）、都の人々からは行方不明として扱われていたのです。しかし、九州の有力者に無理やり結婚を迫られたことから、都へと戻ります。その折に、偶然に光源氏（三十代半ば）と邂逅。夕顔を死なせてしまった後悔もあったため、玉鬘を引き取り、育てることにします。

父と娘ほどの歳の差があるのにもかかわらず、光源氏は玉鬘に惹かれていきます。しかしそれはいけないと悶々としながら、周りの男性（光源氏の息子世代）が玉鬘に恋心をいだく様子をやきもきしながら見ているのです。

物語は玉鬘争奪戦の様相を呈しますが、あっけなく決着がついてしまいます。玉鬘を手に入れたのは、髭が濃いことから「髭黒《ひげくろ》」とあだ名される有力貴族でした。彼は玉鬘の女房（侍女）に手引きをさせ、無理やりに彼女をものにしたのです。

光源氏は深く落胆しますが、やがて自分の息子である夕霧の結婚問題へと気を取られるようになります。夕霧は幼馴染であり、頭中将（内大臣）の娘である雲居《くもい》の雁《かり》との結婚を切望

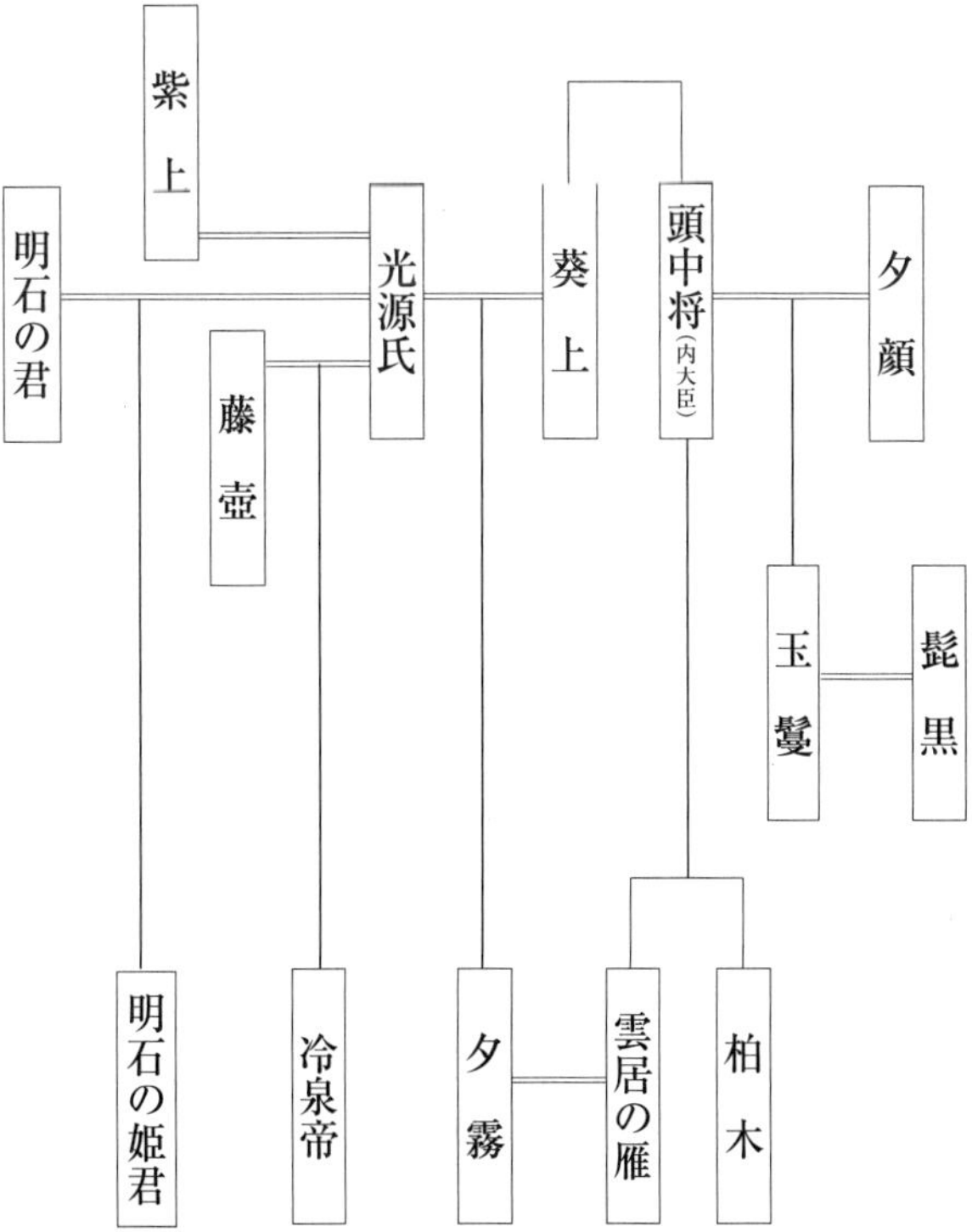

第一部後半

していましたが、頭中将は雲居の雁を天皇の妃にしたいと思っていたため、なかなかうまくいかなかったのです。しかし、六年の歳月を経て、ついに頭中将は二人の結婚を許します。

息子の結婚もめでたく決まり、更に光源氏は「准太上《だいじょう》天皇」という最高の位につくという、栄華を極めたところで、第一部は幕を閉じるのです。

光源氏の晩年

第二部では、光源氏の晩年が描かれます。

その晩年は小さな軋みが重なり、徐々に光源氏を孤独にしていきます。その最初の軋みが女三《おんなさん》の宮《みや》との結婚です。

出家を思い立った朱雀院は、自分の娘である女三の宮と結婚してほしいと光源氏に頼みます。女三の宮は十三歳くらい。それに対して光源氏は四十歳。今で言えば定年を迎えるような年齢です。光源氏は初めこそ拒否しますが、朱雀院たっての頼みとあっては断れません。光源氏は仕方なく女三の宮を迎えます。

しかし女三の宮はまだ幼く、老境の光源氏にとっては物足りない。しかし大切にはしないといけない。

その結果、不安に思うのが紫上です。紫上は光源氏に深く愛される女性ですが、彼女自身

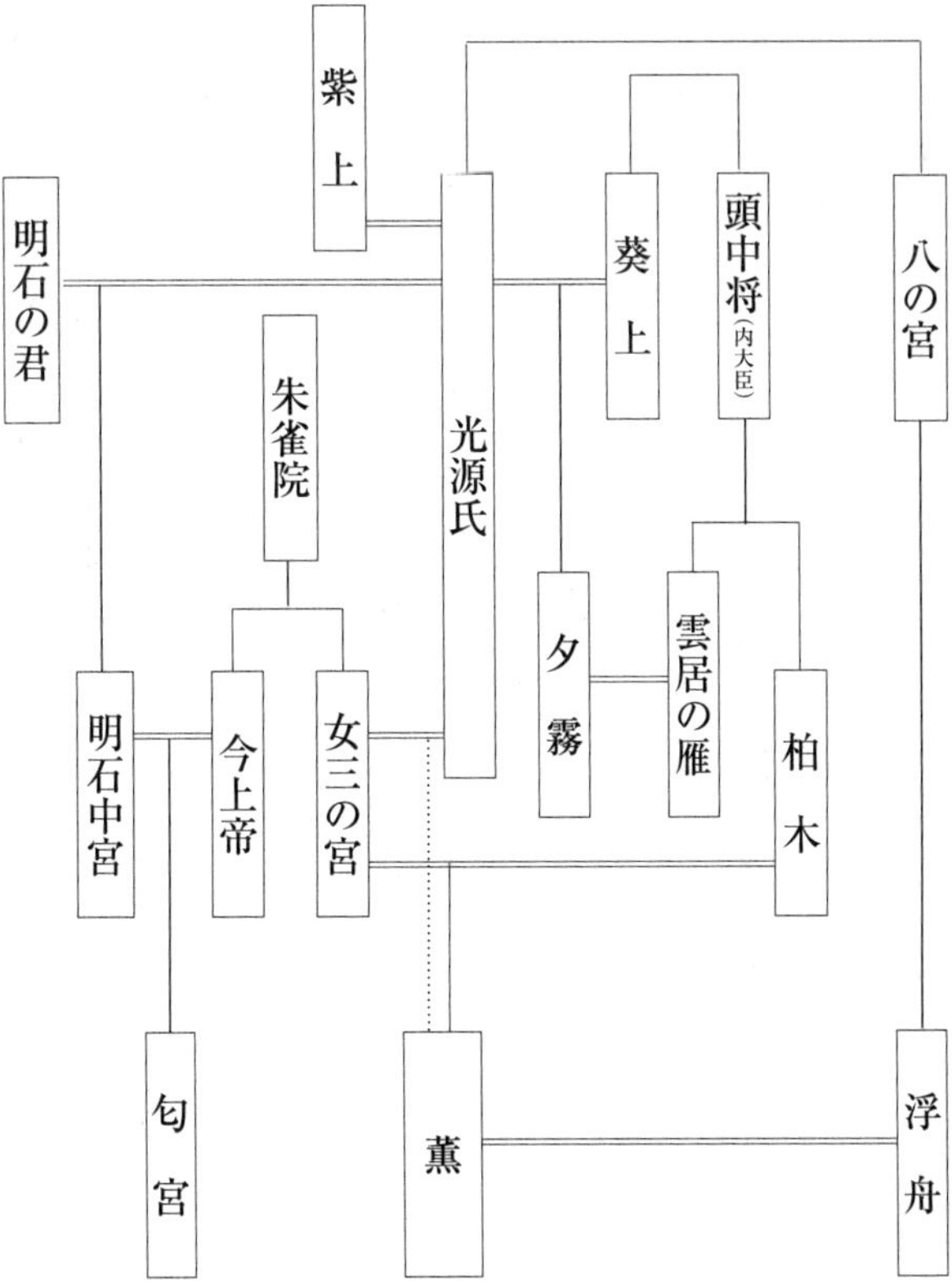

第二・三部

には光源氏以外の後ろ盾もなければ、光源氏との間に子供もいません。当時の女性の在り方（自分の家族に支えられながら、子供を産むことを求められる）を考えると、最も孤独な女性なのです。にもかかわらず、たった一人の頼れる光源氏は若い新妻にかかりきり。二人の心はすれ違うようになってしまいます。

そこに追い討ちをかけるように起きたのが、女三の宮の密通です。相手は頭中将（内大臣）の息子の柏木《かしわぎ》。まさかかつて自分と藤壺が行った密通を、自分がされるとは。光源氏はショックと怒りで平静でいられず、柏木をいじめます。その結果、柏木は心を壊し、亡くなってしまい、女三の宮も出家をしてしまいます。

苦悩する光源氏を襲った最大のとどめが、紫上の死です。これ以上ないほどの絶望と孤独を味わった光源氏は準備を整え、静かに出家をするのでした……。

光源氏亡き後に

光源氏の晩年、そして光源氏亡きあとの第三部の世界で中心となるのは、まずは光源氏の息子である夕霧《ゆうぎり》。次に、柏木と女三の宮の不義の子・薫《かおる》。彼は世間的には光源氏の若き息子として嘱望されています。そして、光源氏の娘である明石中宮と現在の天皇（今上帝）の息子である匂宮《におうのみや》、彼も光源氏の血を引く皇子として期待されており、薫のライバル的な存在です。最後に、光源氏の異母弟である八の宮の娘である浮舟《うきふね》。

第二部では、光源氏の晩年と並行して、夕霧と柏木の友情、そして夕霧の夫婦生活が描かれます。

第三部では、光源氏亡き後の世界で、光源氏の血を引くことから大きな期待をかけられている薫と匂宮という二人の若者が中心です。しかし、薫は本当は光源氏の血を引いていません。そのことを悟った薫は自分の出生に苦しみながら生きていきます。物語は、薫と匂宮、そして浮舟との三角関係が主軸となり、それぞれが世の儚さや苦しさに向き合うという荘重な調べになっています。

さいごに

以上が『源氏』の大まかなあらすじです。

かなり大きく端折りましたし、分かりやすさのために多少の前後関係を整理したところもありますが、『源氏』の基本的な構造は分かってもらえたのではないかと思います。

最初にも述べた通り、『源氏』は長い作品ですが、隅から隅まで味わおうとする必要はありません。このあらすじや本書で述べられている事柄を参考に、自分の気になる人物やシーンだけを丁寧に味わえばいい。

正直に言えば、あらすじなんていうのはどうでもいいくらいです。何が起きているかは瑣末な話で、それ以上に心の機微、花や植物の情趣、和歌の調べ、古語の重奏的な響きといったものを味わってほしい。あらすじを知っておくのは、そのためのいわば補助輪です。

実際、僕自身、初めは『源氏』のあらすじだけを知って、まあそんなもんか程度にしか思わなかったのですが、あらすじを知った上で細かい描写を丁寧に読んだ結果、深い感動を覚えることができました。

そうした感動がどこにあるのかは本書に満載です。ここからが『源氏』を読む本格的な旅路になるでしょう！

第2章

紫式部とその時代

川村裕子

川村裕子（かわむら・ゆうこ）

1956年、東京生まれ。国文学者、新潟産業大学名誉教授。立教大学大学院文学研究科日本文学専攻博士課程後期課程修了。博士（文学）。著書に『平安のステキな！女性作家たち』『平安男子の元気な！生活』『平安女子の楽しい！生活』『ビギナーズ・クラシックス 更級日記』『王朝生活の基礎知識』『王朝の恋の手紙たち』など。古典の普及に力を注いでいる。

Ⅰ、はじめに

さて、これから紫式部について見ていきますね。一人の人間が生きているというのは、単にその人自身の個性があらわれるだけではないですよね。その人を取り巻く価値観などの影響は意外と強いものです。

今だってそうですよね。ちょっと前までは午前中に喫茶店で新聞を読んでいると、何となく「働かないの？」という視線があちこちからきたものです。リモートワークが普及して、このような視線は、少なくなりました。

そんなわけで、ここから紫式部を、彼女が生きていた時代の価値観と彼女のライフヒストリーを中心にお話ししたいと思います。

最初に言い訳めくけど、なにしろ彼女は千年前の女子です。だから、わからないことだらけ。それでも手探りに彼女の人生を見ていくと、きっと生きる勇気のようなものを感じることができますよ。

それでは、最初に時代の価値観について見ていくことにしましょう。

Ⅱ、平安時代の価値観とは？

今、時代の価値観と言いました。価値観と言うと難しく聞こえるかもしれませんが、ここでは、平安時代のドリームです。そう、夢ですね。

平安の夢とはどんなものだったか。それを理解するために、『源氏物語』の熱狂的な読者であった菅原孝標女《すがわらのたかすえのむすめ》に登場してもらいましょう。彼女は、『源氏物語』を読むことと比較しながら、その時代のトレンドを語ってくれました。

胸をどきどきさせながら、今まではほんの少ししか読めなかったので、筋がつかめずいらいらしていた『源氏物語』を最初の巻から誰にも邪魔されず、几帳《きちょう》（ついたて）の中で臥《ふ》せって、一冊一冊取り出して読む気持ちといったら、楽しくて嬉しくて、后の位なんか全然問題になりません。

（『更級日記』）

どうでしょう。これぞ読書の醍醐味ですね。誰にも邪魔されずに好きな本を読み続けること。それは嬉しくて楽しいことです。どんどんと続きが読みたくなる。本好きな人なら、こんな体験、ありますよね。

ところで、ここに出てくる「后の位」というのはいったい何でしょう。

そう、「后の位」は、平安女子が目指していた夢。これぞ平安トレンディ。后はそのままわかりますよね。天皇の妻です。

ではなぜ天皇の妻を目指すのか。それは、天皇の子どもを産むことが、みんなの夢だったから。天皇と結婚すると次の天皇を産むことができますよね。すると女子のお父さん、つまり天皇の子どもの祖父が権力を持つことになるのです。それで、一族が力を持って繁栄することができたのです。当時は天皇が一番偉かった。だからその人と関係を持ったり、その人の子どもと血縁関係を持ったりできたら、ラッキーだったのです。

さて、そんな権力を持った代表者は誰でしょう。それが、あの藤原道長《ふじわらのみちなが》なのです。

Ⅲ、ラッキーな道長

藤原道長は、実は末っ子。末っ子は、いうまでもなく一番下の子ども。兄弟の順番に力を持つことのできる時代に、これは、すごく不利ですよね。でも、道長の兄たちは、病気で亡くなってしまったのです。

有名な人としては、道隆《みちたか》。道隆はあの定子《ていし》の父です。定子というのは、かの清少納言が仕えていた人でした。

道隆は四十三歳で亡くなったといわれています。かなりお酒が好きな人だったので、糖尿病だったのですね。また、道隆の弟・道兼《みちかね》も、三十五歳で亡くなりました。こちらは疫病。関白になってすぐに亡くなったので七日関白といわれています。

さて、こんな細かいことは置いといて、道長にもどりましょうね。

道長には長女の彰子《しょうし》がいました。これはまさしく后の位の人。なぜって一条天皇の后だったから。この人は結婚してからもなかなか子どもが生まれず、ようやく九年経って敦成親王《あつひらしんのう》が生まれたのです。

当時はお産そのものが大変でした。そのうえ、男子誕生ということなので、これは、すごくハッピーでラッキーな出来事だったのです。

それでは、ここで紫式部に登場してもらいましょうか。紫式部は道長に、娘の彰子の家庭教師として雇われました。彰子に敦成親王が生まれた当時は、もう『源氏物語』作者として有名で、彰子の家庭教師になっていたのです。

そう。家庭教師が優秀ならば、彰子もきっと知的な人物に違いない、という噂が立つのですね。そうすると夫である天皇も彰子に気持ちが向いてくる、というわけです。彰子の夫の一条天皇は、『源氏物語』が大好きでした。

だから紫式部は彰子と一条天皇を結び付けるキーパーソンだったのです。

Ⅳ、紫式部ってどんな人？

さて、そこで、紫式部です。ここでは、紫式部の人生をざっくりお話ししてみますね。

まず名前からいきましょう。当時は女子の名前は記録に残っていないのが普通でした。だから名前も家族の職業名などで呼ばれたのです。女子にとっては不愉快な話ですが、致し方ありません。

それで、名前の「式部」は父親の藤原為時《ためとき》の職業でした。為時は式部丞《しきぶのじょう》だったのです。式部は今の文部科学省にあたるでしょうか。「丞」は三等官。

というわけで、紫式部は父親から文系の才能を受け継いでいたことがわかりますよね。為時は、漢詩文の大家でした。

それで、次に「紫」ですが、最初は藤原なので「藤式部《とうしきぶ》」と呼ばれていたらしいのです。ただ、その後は、『源氏物語』の登場人物・紫の上にあやかって、紫式部と呼ばれました。

彼女の生まれた年は、だいたい九七三年くらいです。

それでは、ここからおおまかな彼女の人生上の出来事を見てみましょうか。

まず若かりしころの大きな出来事といえば、父の為時といっしょに越前国《えちぜんのくに》（福井県）に行ったことでしょうか。だいたい二十四歳のころ。

当時は都から出ることもなかった時代。紫式部は、たくさんの見聞を越前で広めたことでしょう。ただ、越前にいたのは一年くらいでした。

ちょうどそのころ藤原宣孝《のぶたか》との結婚話が持ち上がっていたのです。だから都にもどったようです。

この結婚は、紫式部がだいたい二十七歳、宣孝は四十七歳くらいでした。二人の年の差は二十歳。宣孝の年齢はかなり上なので、他にも妻がいたようです。そう、この時代はたくさんの妻がいても良い時代だったのですね。

V、宣孝のスタンプのようなビジュアルメール

ところで、この宣孝との仲は、あまり良くなかった、という旧説があります。ただし、『紫式部集』などを見てみると、けっこう二人は仲が良いみたい。

そもそも宣孝は仕事のできるビジネスパーソンだったのですが、それだけではありませんでした。彼は、今で言うメール名人。というかライン名人。

彼の手紙は完全ビジュアル系。ある時宣孝は絵だけを贈ってきました。そこには海人が塩

を焼く風景が描いてありました。

塩を焼くとは、海岸で海水をかけた木を焼いて、塩をとることです。絵の中には、火に投げ入れるための「投げ木」が描かれています。

この場面を見た紫式部はすぐにピンときました。この絵のポイントは「投げ木」＝「嘆き」なのですね。「自分はあなたを思って嘆いている」、これが宣孝の言いたいことだったのです。

それで紫式部はその絵に対してどうしたか。投げ木の絵の横に歌を書いたのです。


「あちらこちらの海で塩を焼く海人が投げ木を積むように、あちらこちらに自分から言い寄るあなたは、好きで嘆きを積んでいるのですかね」

（「よもの海に塩焼く海人の心からやくとはかかるなげきをや積む」）

（『紫式部集』）


どうでしょうか。投げ木をあちらこちらに積むのはあなたの趣味、といった反論でした。そう。この時代は貰った歌に対して、「ありがとう」などとは言わず、どんな反論ができるか、ということが歌のポイントとなったのです。

それはともかく、絵を贈ってくる宣孝、そして絵の中に歌を書いて贈る紫式部。ずいぶんと息が合っているように思えます。今で言うと、ラインのスタンプ合戦でしょうか。

このように宣孝はビジュアルで迫ります。

宣孝の手紙演出はこれだけではありませんでした。ある時、手紙に血の涙が散らしてありました。そして、そこには「あなたを思って流す涙の色を」などと書いてあったのです。朱色のインクを血に見立てたのですね。

それに対して紫式部は、ぱっきり反論。

紅の涙なんて、ますますいやになっちゃうわ。そんなもの、移ろいやすい心の色に見えますからね。

（「紅の涙ぞいとど疎まるる移る心の色に見ゆれば」）　　　　　　（『紫式部集』）

血の色はすぐに変色しますよね。だから、それを使って紫式部は反撃します。

さて、これまでお話しした二つのスタンプはいかがでしたでしょうか。文字ではなくビジュアルで迫る宣孝の演出は、当時としてもすてきなものでした。

だから、紫式部も心に刺さったのだと思います。

このようにラインのスタンプをやりとりするような手紙の中には、二人の熱い思いがこぼれ落ちています。

Ⅵ、闇から抜け出す力

そう。このように宣孝と紫式部はアツアツ。でも、何ということでしょうか。紫式部が二十九歳のころに宣孝は亡くなってしまうのです。紫式部と娘の賢子《けんし》をこの世に残して……。

彼女のショックはどんなに大きなものだったか。彼女は暗闇の中に入ってしまいました。閉ざされたトンネルのような深い闇。哀しみだけが渦巻く闇の中から出られなくなってしまいました。そんな暗いトンネルで彼女が見つけたものは、物語を書くことだったのです。

言葉を紡いでいくこと。そして誰も真似できない言葉を生み出すこと。彼女は自分なりの言葉で物語を書き続けていきます。ここがすごいところですね。闇に迷い、出口のないトンネルに入っても、彼女は、光を見つけたのです。

この光があれば、闇から救われる。つらすぎる苦しみを乗り越えるために、彼女は書くことを発見しました。

そして、最初のⅡでお話しした時代のトレンディ。そう、后である彰子の家庭教師になりました。みんなの夢であった后がいたからこそ、紫式部は認められたのです。そして、『源氏物語』を書き続けることができたのです。彼女は、時代の風潮に乗ることができたのですね。

でも、もし宣孝が亡くなったことで、自暴自棄になってしまったら、どうなっていたでしょう。道長の目にとまることもありませんよね。

彼女は、自分から逃げなかった。自分の苦しさから逃げなかった。そして新しい道を見つけていったのです。

このような悲痛な体験を乗り越え、自分の道を築いた紫式部。だからこそ、強いオーラが作品から放たれているのです。

Ⅶ、道長との関係は?

それでは、最後に一番気になることを追加しておきましょうね。それは道長との関係です。

まず二人の関係がどんな書物に書いてあるのか、お話ししましょう。

それは『尊卑分脈《そんぴぶんみゃく》』という書物に載っているのです。『尊卑分脈』は大雑把にいうと、系図がたくさん載っている本なのです。

そして、なんと紫式部のところに「御堂関白妾《みどうかんぱくしょう》」と書いてあるのですよ。

「御堂関白《みどうかんぱく》」は道長、そして「妾《しょう》」というのは、「愛人」というような意味になるでしょうか。ただ、この系図も、あとになってから書かれたものなので、断定はできませんね。

ただし、道長とのことは、なんと『紫式部日記』のなかで、いかにもあやしい書き方をしているのです。たとえば有名なのは水鶏《くいな》の贈答歌。

渡殿《わたどの》に寝ていた夜に、なんか部屋の戸を叩く人がいるのを聞いたけれど、恐いのでそのまま答えることもしないで、夜を明かしました。そうしたら次の朝、

「一晩中水鶏がトントンと鳴いている、それ以上に、私は、このとびらのところで泣いていたのですよ。とびらを一晩中叩きながら嘆いていたのですよ」と歌が来ました。

それに対してのお返事。

「ただではすまさない、という具合に戸をたたく水鶏。その水鶏のために戸を開けてしまったら、どんなに悔しい思いをしたでしょう」

（『紫式部日記』）

最初の歌を詠んだ人は、水鶏に喩えて一晩中、とびらを叩いたことを強調していますよね。

何だか恐いですね。

それに対して紫式部は、とびらを開けてしまったら後悔するところでした、という歌を詠んでいます。

『紫式部日記』のなかでは、「道長」とは書いていないのです。ただ、最初の歌は『新勅撰《しんちょくせん》和歌集《わかしゅう》』という勅撰集のなかでは、なんと道長の歌となっているのです。

『紫式部日記』には他に、『源氏物語』を書くために、道長が筆や墨、紙や硯《すずり》などを用意してくれたことも書かれています。また、墨ばさみや墨や筆も紫式部にプレゼントしたのですよ。

それから、早朝のオミナエシの贈答なども書かれています。二人の仲が良い、というか、あやしげなエピソードが日記のなかで満載なのです。

だから二人は、『紫式部日記』のなかで「関係があるかのように」語られていることは確か。もちろん、『紫式部日記』は紫式部が書いたものです。

というわけで、どうでしょうか。二人の関係は、やはりあったものと思われます。

当時はこのような関係を召人《めしうど》と呼びました。そう、ご主人様のお手つきの女性です。

ただし、このような身分の女性が本当に「恥ずかしくて身分が下」の立場であったかどうか、についてはいろいろな説があるようですし、紫式部が道長の妾であったとしても、恥ずべきことではないと思われます。

参考文献

■『王朝文学入門』（川村裕子、角川選書、KADOKAWA、二〇一一年）
■『平安男子の元気な！生活』（川村裕子、岩波ジュニア新書、岩波書店、二〇二一年）
■『はじめての王朝文化辞典』（川村裕子、角川ソフィア文庫、KADOKAWA、二〇二二年）
■『平安のステキな！女性作家たち』（川村裕子、岩波ジュニア新書、岩波書店、二〇二三年）
■『ビギナーズ・クラシックス　拾遺和歌集』（川村裕子、角川ソフィア文庫、KADOKAWA、二〇二三年）

コラム①

挫折せずに読み通すには

ニシダ

ニシダ

1994年、山口県生まれ。上智大学在学中、同級生のサーヤと二人で、お笑いコンビ「ラランド」を結成。M-1グランプリでアマチュアながら2019年、2020年と2年連続準決勝に進出し、話題を集める。年間100冊を読破する読書家としても知られる。著書に小説集『不器用で』がある。

何度挫折したことだろう、源氏物語。今年の初め、三度目の挑戦で読破しました。人生変わりました、とまでは言わないまでも達成感に包まれています。下半期になってもその達成感は薄れることなく、わたしを包み込んでくれているような気がします。

初めまして、ラランドのニシダと申します。芸人です。小説を執筆したり、クズ芸人と呼ばれたり、漫才をしたり、マレーシアの先住民と一緒に吹矢でリスを射て食べたりなど、仕事は多岐にわたり、今回源氏物語をつい最近読み終えた立場として自由に書いてくださいというお仕事をいただきました。読破出来てしまった今、なぜ読むことを二度も挫折してしまったのか考える必要もないのですが、こういう機会をいただいたからには考えざるを得ないのでしょう。源氏物語にトライしてみたけれど、毎度読み終えることなく本棚に戻し、ふとした時に本棚の源氏物語と目が合って気不味い想いをしているあなたに向けてわたしは書こうと思います。格好付けて周囲の友人には読んだフリをしてしまっているあなたも、ここでは正直な気持ちで居てください。怒ったりしません。

「古典中の古典」「日本文学の最高傑作」そういったキャッチコピーを目にしたこと、耳にしたことが一度はあるのではないでしょうか。わたしは中学の頃の古典の授業で耳にしたこの言葉がずっと頭に残っていました。それが読みたいと思った単純な動機でした。

大学二年生、そしてコロナ蔓延直後の自宅での時間を持て余していた二〇二〇年。源氏物語に挑戦しました。一度目は大学の図書館で借りた『潤一郎訳 源氏物語』で、二度目は青空文庫の与謝野晶子訳でしたが、そのどちらも失敗しています。なぜ失敗したのか。恥ずかしいけれど考え得る限りの理由を書き記そうと思います。

まずは非常にシンプルな理由として源氏物語の小説としての分量の多さでしょう。わたしは角田光代さんの訳で読破出来たのですが、本屋に行って百科事典のような分厚い書物が三冊、上中下と並んでいた時は震えました。読もうという決意が揺らぐには十分な分量。やっぱり適当な文庫の小説を二、三冊買って帰ろうかなと正直思いました。これは誰にでもある感情だと思います。仕事をしていたら、学校に通っていたら、この分量を読むのは無理なのではと思うのはごく自然です。

そして、もう一つの要因。他にも細かな要因は沢山あるでしょうけれど、今から話すことが最大かつ取り払うのが一番難しいような気がします。

それは源氏物語、ひいては古典文学の優先順位が低くなりがちであるということです。日本に生まれたのだから、日本の古典に触れるべきだと思うのは至極当然なことに思います。けれど、現代に書かれた文学の方が優先順位が高くなってしまう。想像するに、わたし以外の多くの人もこの感覚に覚えがあるのではと推察しています。この、古典に対する無意識下での差別意識のようなものは何に根差しているのか。

その答えは、一〇〇〇年前の宮中での物語を理解出来ないのではないかという不安なのではと思われます。これは日本人として生を受けたからこその難儀であると言えます。日本という同じ土地ではあるからこそ、時空を超えて源氏物語を楽しむのが難しいと決めつけてしまう。

例えば海外文学であればこの感覚は薄れる。一六〇〇年代初頭に出版されたセルバンテス著『ドン・キホーテ』であれば、読み進める上で当時の価値観や風俗は分からなくても、分からないなりに許容して読み進めることが出来る。〝海外〟の〝古典〟という縦軸と横軸、両方のズレが良い意味で諦めになっている。けれど源氏物語になると同じ場所で書かれたことであるのだから、全てを理解しようと固執してしまう。横軸はズレていないのだから、縦軸は完璧に乗り越えようという気概が空回りして、いざ読み始めて理解出来ない文章が出てくるとそこでストップしてしまう。これがわたしにとって、源氏物語を読む上での一番の障害であり、日本の古典文学全体から我が身を遠ざけようとする真因でありました。

この巨大な障害をどう乗り越えたのか。シンプルな解決策ですが、理解するのを諦めました。わたしはたしかに源氏物語を最初から最後まで読み通した。読み通したけれど、きっと深い理解には至っていないのだと思います。かつてのわたしであれば、徹頭徹尾理解しなければと思っていましたが、現在は読書で全てを理解出来るなんておこがましいと思うようになりました。自分でエッセイや小説を書くようになったことがその最大の理由なのかなと思います。文章を書くということは、書いた本人ですら全てを理解した上でする行為ではないと思えたからなのかもしれません。

一〇〇〇年前に同じ日本という土地で暮らした人たちの価値観や世の習い、社会システムに至るまで深くは理解出来ていません。ここで白状します。けれど最後まで読むことが出来た。なぜかと言えば、一〇〇〇年経っても人間に共通する心の動きが描かれていたからに違いないでしょう。宮廷貴族の生活を優美に描いた物語ではなく普遍的な人間の心の動き、光源氏の恋愛と出世、そして彼と浮名を流した女性一人一人の感情を追体験出来る小説であると思えたからです。

そのためには、ある程度の忍耐が必要です。上達部とか殿上人とか、格好良いけど意味の分からない言葉が出てきても、分からなくても良いのだと読み流す。全て理解しなければと思うのは学校の国語教育の中で培われた不純で間違った見方であると断じて、小難しいことは深追いしないと心に決めるのです。作品に対するこういった態度は不誠実であると思えるかもしれません。けれど一度全体を読み通すことで理解出来ることは間違いなく多い。そして何より小説はエンタメですから、その全てを理解出来ずともその中に娯楽性を見出せたら読者の勝利と言って過言ではないと思うのです。

分量の多さも、国語教育の呪いも、理解出来ないかもしれないという不安も、ページをめくるたびに些事であると気付くはず。深い理解は読み通してから専門家の解説書を読めば良いじゃないですか。分からなくて当然。分かる範囲だけで良い。そして分かる範囲だけで面白いと思わせてくれるのが源氏物語なのです。

一〇〇〇年もの間廃れずに脈々と繋がってきたエンターテインメントにたいして、混じり気のないピュアな心持ちで対面することが、わたしが今お伝え出来る最善のアドバイスです。

PART 2

『源氏物語』に親しむために

第3章
日常づかいの和歌・古典

対談：俵万智×安田登

2023年9月29日、早川書房にて収録
聞き手＝渡辺祐真、構成＝編集部

写真右から

俵 万智（たわら・まち）

1962年生まれ。歌人。1986年、「八月の朝」で第32回角川短歌賞受賞。翌87年、歌集『サラダ記念日』を刊行し、同書で第32回現代歌人協会賞を受賞。以降、エッセイ、評論、紀行など幅広い執筆活動を行っている。2004年、『愛する源氏物語』で第14回紫式部文学賞を受賞。近著に『未来のサイズ』（第55回迢空賞、第36回詩歌文学館賞）、『アボカドの種』など。2023年紫綬褒章を受章。

安田 登（やすだ・のぼる）

1956年生まれ。下掛宝生流ワキ方能楽師。高校教師時代に能と出会い、27歳で鏑木岑男氏に弟子入り。能楽師のワキ方として国内外を問わず活躍し、能のメソッドを使った作品の創作、演出、出演などを行うかたわら、『論語』などを学ぶ寺子屋「遊学塾」を全国各地で開催。著書に『野の古典』、『能』、『あわいの力』などがある。

現代語訳がゴールではない

――ハードルが高いとか難しいイメージがある古典を親しみやすくする活動をされているお二人に、「日常づかいの和歌・古典」をテーマにお話しいただきたいと思います。安田さんは古典を能として身体で表現されていますし、俵さんも『伊勢物語』の現代語訳や、『みだれ髪』の甘くてほろ苦い「チョコレート語訳」をされていますよね。

俵　私の場合は、罪滅ぼしというのが原点にあるんです。高校で国語を教えていたときに、おおむね古典の楽しさを伝えられずに、三年間かけて古典嫌いを育成して送り出してしまったという無念が残っていて……。教員をやめたからこそできるアプローチで若い人に古典の楽しさを伝えられたらな、という思いがあったんです。与謝野晶子の『みだれ髪』も、三十《みそ》一文字《ひともじ》で現代語にする。たとえば「その子二十櫛にながるる黒髪のおごりの春のうつくしきかな」を「二十歳とはロングヘアーをなびかせて畏れを知らぬ春のヴィーナス」と訳す、ということをやっているんですけど、こんなことは教室では教えられないし、研究者の先生からすればやんちゃな訳かもしれない。けれど、そういうふうにやってみたいな、と思ったんです。授業ではマルをもらえないような訳でも楽しめばいいよ、と。

安田　僕も若いころに一〇年間教員をやっていました。実はお断りせずに使わせていただいていましたが、与謝野晶子を引用するときに俵さんの「チョコレート語訳」を横に載せています。そうすると与謝野晶子がとても近くなってきます。

俵　そのまま読むとなかなか理解できないんですよね。本当に残念なのは、教室で古典を勉強していると、訳ができたところがゴールになっているところ。本来は、難しい昔の言葉を訳して意味のわかったところがスタートになるはずなのに、そこで終わってしまっている歯がゆさがありますね。教材になっているのもだいたい無難な箇所で、『源氏物語』だったら「いづれの御時にか」という冒頭か、幼い紫の上を見初めるあたりだけなんですよね。

安田　僕は運よく、成績をあまり気にしなくていい学校で教えていました。最初に赴任した学校はすごくて、「先生」と呼ばれて行くと机の上に生徒の手があり、その甲にナイフが刺さっている、そんな学校でした。なので、教科書は使わず、自分の好きな教材を選んで持っていきました。僕が「これ、おもしろい！」と思うものを、そのおもしろさを伝えるような授業をすると、生徒もついてきます。それでも古典文法は知っておいた方がいい。そこで、生徒ひとりひとりの実力に合わせた小テストを作り、授業の最初と最後にそれをしました。するとー学期で動詞くらいは全員が満点を取れるようになる。あとはおもしろさを教えていました。

感覚器官の描写にすぐれた『源氏物語』

――安田さんにとって『源氏物語』のおもしろさとは、どんなところでしょう。

安田　描写でいうと、なんといっても「紅葉賀《もみじのが》」です。あそこはちょっとすごすぎます。

木《こ》高き紅葉《もみぢ》の陰《かげ》に、四十人の垣代《かいしろ》、いひ知らず吹き立てたる物の音《ね》どもにあひたる松風、まことの深山《みやま》おろしと聞こえて吹きまよひ、色々に散りかふ木の葉の中より、青海波《せいがいは》のかかやき出《い》でたるさま、いと恐ろしきまで見ゆ。

（日本古典文学全集『源氏物語（1）』小学館、三八六頁）

木高き紅葉のかたわらに光源氏と、友人でもあり、ライバルでもある頭中将《とうのちゅうじょう》が立っている。そして、そのまわりに四〇人の笛を中心とした楽器演奏者がいる。「いひ知らず吹き立てたる」というから、指揮者がいて「せーの」ではなく、ひとりひとりが吹き出す「とき」を心の中で醸成している。それが飽和状態になり、「いまだ！」と吹き出さざるを得ない「とき」がきて、誰かが吹き出す。すると、三九人がこれに和す。しかも「物の音《ね》」とある。それはすでに物理的な笛の音ではなく、「なにか」の音なんです。その音に、松風の音が重なってくる。これが「まことの深山おろし」のように聞こえて「吹きまよひ」とくる。風なので、聴感覚だけじゃなくて皮膚感覚も加わる。その吹きまよっている風の中に赤や黄色の紅葉が舞う。今度は視覚です。そのとき突然、源氏が青海波を舞い始めるんです。ただ、これはただの青海波と思うと弱い。アーサー・ウェイリー訳には「ブルーウェーブ」と書いてあるんです。レッドやイエローの中にブルーが浮き出す。そのブルーが実は青海波だった、という。この、あらゆる感覚器官を一緒にする感じがすごいなと。

俵　「いひ知らず」のたった五文字で三九人が高まって、ワッと始まるというのを伝える。すごい表現力ですね。

安田　これが「夕顔」帖だと、最初の方は視覚表現しかないんです。それ以外の感覚がすべてカットされてしまい、それが後日、八月十五夜の翌朝に騒音が聞こえますが、それをより際立たせます。また、「末摘花《すえつむはな》」帖になると、今度は聴覚と嗅覚という「聴く系」の動詞が優位になり、視覚がカットされる。そんな感覚器官の描写が、『源氏物語』はすごいなと思っています。これは能のようにゆっくり読むと、特に感じが出ます。

俵　目でさっと読んでしまうのはもったいないですね。この数行で今、ぞくぞくしました。

――青海波は見せ場ですよね。歴史的には『源氏物語』が生まれる前、青海波は小さなお祭りだったのが、『源氏物語』ですごく優雅に描かれたので、それを追って大きな祭りになっていくという。長い物語なので全部読むのはしんどいですし、あらすじや現代語訳で意味が取れればいいというところで終わってしまいがちですが、好きなところだけゆっくり読むとこれだけ鮮やかになる、というお手本ですね。

俵　端から端までと思わず、好みのところを精読するということですよね。

安田　能はそういう作り方をしているんです。たとえば「夕顔」を本説にした『半蔀《はじとみ》』という能では、突然、「何某《なにがし》の院」という言葉が出てきちゃう。ここは夕顔が怨霊に取り殺された場所ですが、能『半蔀』では、夕顔が殺されるところは全然扱いません。能においては物語の筋よりも、『源氏物語』の言葉をそのまま引用することが大切なのです。紫式部が書いた言葉そのものに力を持たせます。ちなみに能『半蔀』では、主人公であるシテが、果たして夕顔の上なのか、夕顔の花の精なのかわからないような作り方をしています。そういうことすらどうでもいいのです。能楽師になってもう一度、『源氏物語』を読み直しました。

能って世界で初めての二・五次元作品だと思うんです。『源氏物語』や『平家物語』のように紙に書かれた二次元の物語を三次元にしたのが世阿弥の功績のひとつです。だから『刀剣乱舞』の「禺伝　矛盾源氏物語」とか、宝塚歌劇団の「新源氏物語」「源氏物語　あさきゆめみし」なども、二次元である『源氏物語』をどういうふうに変化させていったのかにとても興味があります。僕は高校二年以降、五つのバンドを掛け持ちする生活をしていて、ほとんど学校に行っていないので、「教室の源氏物語」について語れなくて、すいません（笑）。

俵　教室でなくても一〇〇パーセント学べるということを体現されていますね（笑）。

歌人の目で読むとビビッドに

——俵さんは『源氏物語』をどのように読んでいますか？

俵　最初は高校の授業で習って、田辺聖子さんの現代語訳をすごくおもしろく読んでいた記憶があるんですが、自分が短歌を作るようになってから、作る側の目で読み直すようになって、すごくビビッドに感じられるようになりました。『源氏物語』では、歌のやりとりで恋愛がうまくいったりいかなかったり、歌がめちゃ実用品として用いられていますよね。もともとはこれだったんだな、というのが新鮮で。現代では私も含めて自己表現、作品として作っている感じがあるんですけれども、『源氏物語』の中での和歌は、たったひとりの人に心を届けたいために作られている。やり取りのタイミングや、どういう文字で書いてあるかということも含めて、コミュニケーションとして物語の中で和歌が生きていますよね。これを忘れちゃいけないな、という気づきがありました。作る側の実感を持ちながら読むと、古典がなまなましいものに見えるようになったというのがあります。

安田　先ほどの「夕顔」の巻でいうと、この歌のやり取りがうますぎるんです。

「心あてにそれかとぞ見る白露の光そへたる夕顔の花」夕顔
「寄りてこそそれかとも見めたそかれにほのぼの見つる花の夕顔」光源氏

「心あてにそれかとぞ見る」「寄りてこそそれかとも見め」が二句切れで、しかも倒置法になっている。こう来たらこう答える、というお手本のような歌になっている。ところがこの後に、わざとずらしているようなものがくる。夕顔と源氏が二人で廃院に向かうところで、「いにしへもかくやは人の惑ひけむ我がまだ知らぬしののめの道」と源氏が恋を歌ったのに対して、夕顔は「山の端の心も知らで行く月はうはの空にて影や絶えなむ」なんて、死を暗示するような歌で返す。しかも後の方で、夕顔はいつもはかなくて昼も空を見る人、と書かれているところに重なってくる。紫式部はうまいなと思ってね。

俵　夕顔が「光ありと見し夕顔の上露はたそかれ時のそらめなりけり」と詠んだのはこの後でしたっけ。源氏が「どうだ、俺はイケメンやろう」と自信満々に顔を見せたときに、「あれは、たそがれどきによくある見間違いだったみたい」と返すという。

安田　「夕顔」はいろいろな意味ですごい帖ですよね。

俵　ストーリーだけを読むとなよなよして、霊に取り殺されたというイメージがありますけど、歌ではズバっと言う人ですよね。

安田　能でもそこは引用されるんですよ。出会ったときは源氏の顔を見ていないから、実際に見たときにそう思ったんですかね。

俵　歌というかたちだから、本音や思い切ったことが言えるのかな。歌の力はそういうところにもあるのかなと思います。

紫式部は和歌の達人？　それとも

安田　『源氏物語』を読むときに、僕はオペラや宝塚（の舞台）のように読んでいるんです。歌はオペラでいえばアリアや二重唱のような感じ。アリアにもっていくために、その前がある。宝塚でいえば男役と娘役による二人のデュエット。それが和歌です。これを読み飛ばしては意味がないし、宝塚から歌やデュエット・ダンスをなくすようなものですね。

俵　和歌ってストーリーと本当は関係しているのだけど、読み飛ばされがちですよね。なにかここで詠んだらしい、くらいなのだけど、心のやり取りとして和歌は最重要ツール。歌を詠んでいる者としてうらやましいと思うし、和歌で物語そのものが展開されていくところが興味深いのですが、紫式部がこれを全部作っているというのがもう、おそろしくて。

安田　驚異的ですね。

俵　紫式部自身の和歌でそんなに印象的なものはないのだけれども、なりかわって詠むときに生き生きするというのは、根っからの物語作者なんだなと思うんですよね。六条御息所《ろくじょうのみやすどころ》の歌はめちゃくちゃうまいし、末摘花の歌はめちゃくちゃ下手だし。でも、末摘花や近江の君の下手くそな歌を作るというときに、紫式部は腕まくりして楽しんでいる感じがします。末摘花は六首しか出ていないうちの三首に「からころも」を使っていて、「その言葉しか知らんのかい」っていう。それで源氏が「唐衣またからころもからころもかへすがへすもからころもなる」と。これが『源氏物語』にある歌だというと嘘みたいな話なんですけれど、うんざりして詠むという（笑）。

心の種から生まれる言葉

安田　俵さんが『みだれ髪』をチョコレート語訳されたときは、自分ではなく晶子になりかわって詠んだのですか？

俵　心の部分までさかのぼって、自分がなりかわって一から紡ぐみたいな感じですかね。最初に心が揺れて、そこから言葉を探して作り始めるので、できあがった言葉だけを見てそれを訳すとあまりうまくできないような気がして。歌を詠んだその人の心の揺れのところまで、もう一度ゼロのところにさかのぼって、一から作る感覚だとうまくいきます。

安田　まさに『古今和歌集』の「人の心を種として、よろづの言の葉とぞなれりける」ですね。僕はここしばらく、引きこもりの人たちと「おくのほそ道」を歩いています。歩きながら彼らは俳句を作っていくんですけど、ひとり、とても凄絶な生い立ちの人がいて、その人は、最初はできないと言っていたのが、途中から自分の過去を五七五にしていくんです。言葉が全部韻律になっていくんですね。友人の精神科医と一緒にその人から話を聞いたら、自分のことを見なければいけないことはわかっていたけれども、あまりにつらくて見えなかった。それが五七五の定型の中で初めて見えたと言うんです。定型が自分のガードになっている。定型の強さがあるのかなと思いました。

俵　型というのは支えになりますよね。なぜ五七五七七なのかはわからないんですけど、伊《だ》達《て》ではないというか。実際、自分が歌を作っていて、何文字でもいいと言われるとすごく困ってしまうというのが実感で、定型があるからそれに心が支えられて楽になるという感覚はすごくあります。しかも一〇〇〇年前の人と同じ土俵で語らえる。

安田　すごいOSですよね。アップデートがいらない（笑）。質問ですが、短歌を作るときは、すぐに五七五七七が出てくるのでしょうか。

俵　ケースバイケースですね。すごく短時間でまとまるときもありますが、いい歌になるものはそこにいくまでの時間が長くて、深い。実際その歌を作るのにかかった時間自体は短くても、そこにいくまでの時間の長さとか深さは完全に影響する、というのは実感としてあります。短いものなので、できるときは割と速くできたりするんですけど。でも、上の句だけ気に入らなくてずっと考えているということなどはあります。この前もスーパーのレジに並んでいるときに「あっ」と浮かんで、メモしている怪しい人になりました（笑）。

安田　高校時代に短歌を一つ作ったんですけど、いまだに下の句ができないんですよ。二つできていて、選べないのと、両方とも違うなとも思っていて。

俵　数十年ものですね。ぜひ完成させてください。

古典から栄養をもらう

――俵さんの作品は、口語短歌やチョコレート語訳の中にも、ところどころに切れとか、古典らしい言葉が出てくるところに和歌としての端正を感じます。

安田　「あいみてののちの心の夕まぐれ君だけがいる風景である」とか「ゆく河の流れを何にたとえてもたとえきれない水底の石」とか、『サラダ記念日』の中にもとても力強い、本歌取りの歌がありますよね。

俵　あれは古典から栄養をもらって作りました。（歌人の）馬場あき子先生も、「ゆく河の」の歌をすごくほめてくださって。

安田　「君だけがいる」という切り方もすごいですよね。

俵　もっとシンプルに「そのかみの狭野茅上娘《さののちがみのおとめ》には待つ悲しみが許されていた」という歌もあります。流罪になった夫を待っていてかわいそうと言われる人だけど、相手も待っていていいよと言ってくれているし、思い切り待てるという大きな幸せの上での悲しみじゃないの、というツッコミです。古典としてというより、ひとりの読者として気になることや栄養になったものは歌に自然に取り入れていくという感じですね。大きく言うと、その時代の人たちがその時代の感覚を歌にして残してきたわけだから、今の自分が詠む上では感覚や言葉をさかのぼる必要はないんです。歴史の一番先っちょにいる人はみんなその時点での書き言葉で書いていたんだろうな、と思うので、自分が自分の歌として表現する時は、カタカナや口語を自然に使っていますね。でも助動詞は古語の方が豊かなので、その力を借りることもあるし、型の中にあるとちょっと古めかしい言葉でもすっと読めるので私はハイブリッドで、「我」とか「をり」とかも活用しています。

古典と仲良くなるには

――古語で歌を詠んでいる歌人はいますけど、俵さんは自然に溶け込んでいる印象ですよね。

そうすると、古典ともだいぶ仲良くなれるのかなと思います。

俵　山崎ナオコーラさんの『ミライの源氏物語』（淡交社、二〇二三年）がすごくおもしろくて。源氏が紫の上を見初めるところを「ロリコン」というタイトルで書いていて、今の感覚で言えば性暴力としか思えない場面がたくさんあるということに対する疑問も書いている。古いものを読むときに、時代をさかのぼって感覚まで昔の人になる必要はないという立場なんです。ただ、それを今の目で見ればこうだ、で終わらせたらつまらないと思うんですけれども、当時の人は当時の社会規範の中で生きていて、紫式部もその中で生きているということをちゃんと踏まえた本なんですね。

平安時代の人は、これは理不尽だとか強姦じゃんとか、ロリコンだとか、トロフィーワイフといった文脈では読めなかったけれど、今の社会規範で生きている私たちだからこそ読める読み方を提案されていて、古典は決して古めかしいものじゃなくて、今の時代ならではの読書ができるというところにすごく共感しました。高校で教えていたころにこの本を読んでいたら、「源氏ってただのロリコンじゃん」とか「全然共感できません」で終わっていた生徒とも、もうちょっと語らい合えたかもしれないですね。

安田　六義園（東京都文京区）は「和歌の庭」と言われています。庭の中に石柱が八八あって、文字が書いてある。たとえば「出汐湊《でしほのみなと》」と書いてあって、それを見た人は「和歌の浦に月の出汐のさすままに夜鳴く鶴《たづ》のこゑぞさびしき」（慈円）という歌を想起することが求められる。そして、さらに今目の前にある景色に、歌の景色を重ねることが期待されているわけです。僕はこれを脳内AR（拡張現実）と呼んでいます。ここは、徳川綱吉の側用人の柳沢吉保と歌人の北村季吟がつくった庭ですが、綱吉は幕府を武から文による統治に変えた人です。武士というのは当時政治も経済もすべてやっていたから、未来を見る必要があった。しかも、ビビッドに見る必要がある。その稽古の場所として六義園があるんです。和歌好きの人が歩くとすごくおもしろいですよ。

俵　古典と出会うというのは、延長線上に自分も参加するということですよね。

安田　西行法師は「仏像を一体彫るつもりで和歌をひとつ詠んだ」と、明恵上人の日記にあります。日本最大の怨霊のひとり、崇徳院を西行は鎮魂をしましたでしょ。坂出（香川県）に崇徳院の御陵に行くまでの道があって、この道の曲がり角ひとつひとつに西行の歌碑が建っているんです。西行は、この歌ひとつひとつを、仏像一体作るつもりで詠んだんだな、と思ってゆっくり読みながら歩いて行くと、心が洗われます。そうやって身体を使って古典・和歌の世界を味わうのも楽しいです。

第4章

『源氏物語』のヒロインを階級で読む

三宅香帆

三宅香帆（みやけ・かほ）

書評家、作家。1994 年生まれ。高知県出身。京都大学大学院博士後期課程中途退学。著書に『人生を狂わす名著 50』『文芸オタクの私が教える　バズる文章教室』『名場面でわかる　刺さる小説の技術』『推しの素晴らしさを語りたいのに「やばい！」しかでてこない 自分の言葉でつくるオタク文章術』他。

菅原孝標女が熱狂したヒロイン

突然だが、ある日記を紹介したい。平安時代に『源氏物語』を愛読していた女性の日記だ。

〈**意訳**〉

私は当時、物語にばかり夢中になっていた。

「私、今はそんなに可愛くないけど、歳頃になったら美人になって、髪もすっごく長くなるはず。そしたらきっと光源氏の愛した夕顔や、薫に愛された浮舟みたいになるんだ」

そんなことを考えていた当時の私って、一体……。今思うとアホみたいだけど。

〈**原文**〉

物語のことをのみ心にしめて、われはこのごろわろきぞかし、さかりにならば、かたちもかぎりなくよく、髪もいみじく長くなりなむ。光の源氏の夕顔、宇治の大将の浮舟の女君のやうにこそあらめと思ひける心、まづいとはかなくあさまし。

（『新編　日本古典文学全集26・和泉式部日記／紫式部日記／更級日記／讃岐典侍日記』犬養廉ほか訳注、小学館、一九九四年）

『更級日記』は、平安時代に『源氏物語』の感想を書き綴った記録があることで有名な日記である。著者の菅原孝標女が大人になってから少女時代以降を回想する形で綴っているのだが、なかでも『源氏物語』について語る場面は、現代の私たちが読んでもかなり面白い。「平安時代にも物語のオタクって存在していたんだな……」と微笑んでしまう。特に「私、今はそんなにきれいじゃないけれど、きっと大人になったら美人になって、夕顔か浮舟みたいになるはず！」と書いてある箇所は、興味深いことこの上ない。

『源氏物語』にはたくさんのヒロインが登場する。たとえば小さい頃から光源氏に見初められた紫の上、自分から積極的に光源氏へアクションをかける朧月夜、あるいは光源氏最愛の女性として物語に輝く藤壺の宮。しかし菅原孝標女は、「自分がなるとしたら夕顔か浮舟みたいになりたいわ」と書いているのだ。

「どうせ妄想するなら、紫の上とか藤壺とかになりたいと書いてもいいのに、なぜ、よりにもよって夕顔や浮舟なのか？」

そんな疑問を持ってしまう。

しかしこの問いを考えてみると、面白い事実が見えてくる。実は夕顔も浮舟も、とある共通項があるのだ。それは「実家がそんなに太くないヒロイン」であること。

そう、『源氏物語』にはたくさんのヒロインが登場するが、その階級は実に多様である。そしてそこにこそ、『源氏物語』がたくさんの女性の心を捉えてきた理由があるのではないか。

身分の低い夕顔と、身分の高い六条御息所

たとえば、夕顔の父は三位中将なので身分は高い。が、父が亡くなってからというもの、実家は没落しきっている。夕顔の住まいは決して雅《みやび》なものではない。むしろ荒れ果て、隣の家の声まで聴こえてくる、落ち着けない場所だ。しかし夕顔自身は、ピュアで儚げで、なにより一緒にいると落ち着く女性なのだ。夕顔の住まいと振る舞いのギャップに、光源氏はキュンときてしまう。

〈意訳〉

白い着物に薄紫色のよれっとした上着を重ねた彼女は、地味だけど、とても可憐で儚げな雰囲気だった。目立つ美人ではないけれど、華奢で細くて、声も小さい。彼女を見た光源氏は「うわ、いじらしい感じの女性だ」とキュンとしてしまう。

彼女の様子がピュアすぎて、もう少し裏表あってもよさそうなのにと思うけれど、気がつけばこの女性ともっとだらだら時間を過ごしたくなってくる。「ねえ、ふたりきりになれる場所に行かない？　こんなとこじゃ落ち着かないし」と源氏が誘うと、「そんな、急ですねえ」と彼女はおっとり答える。そして彼女に「来世までずっと一緒にいましょうね」などと言うと、彼女はその言葉を疑わずに頷き、源氏に心を許しきっている。そんな様子も、恋愛慣れした女性とは違って、たまらない。

源氏は他の人がどう思うかなんて考えないまま、部下を呼ばせ、彼女を車に乗せたのだった。

〈**原文**〉

白き袷、薄色のなよよかなるを重ねて、はなやかならぬ姿、いとらうたげにあえかなるここちして、そこと取り立ててすぐれたることもなけれど、ほそやかにたをたをとして、ものうち言ひたるけはひ、あな心苦しと、ただいとらうたく見ゆ。心ばみたるかたをすこし添へたらば、と見たまひながら、なほうちとけて見まほしくおぼさるれば、「いざ、ただこのわたり近き所に、心安くて明かさむ。かくてのみはいと苦しかりけり」とのたまへば、「いかでか。にはかならむ」と、いとおいらかに言ひてゐたり。この世のみならぬ契りなどまで頼めたまふに、うちとくる心ばへなど、あやしくやうかはりて、世馴れたる人ともおぼえねば、人の思はむ所もえ憚りたまはで、右近を召しいでて、随身を召させたまひて、御車引き入れさせたまふ。

（『新潮日本古典集成　源氏物語　二』石田穣二・清水好子校注、新潮社、一九七六年）

なんとも、夕顔のピュアで儚げな、源氏が一緒にいて落ち着けるヒロインであったことがよく分かる描写ではないだろうか。

しかし『源氏物語』を読んだことのある方ならご存知の通り、夕顔は光源氏の年上の恋人・六条御息所の生霊に取り憑かれ、亡くなってしまう。光源氏が夕顔にあまりに執着したために、六条御息所の嫉妬が暴走してしまった結果だ。

有名なこの夕顔のエピソード、単に「六条御息所は嫉妬深い女だったんだなあ」と解釈するだけで終わらせるのはもったいない。ここに六条御息所と夕顔という、ふたりのヒロインの階級差という補助線を引きたい。

六条御息所は、もともと桐壺帝時代の前東宮の妃だったが、東宮に先立たれた未亡人。つまり東宮の后にもなり得た、はっきり言って当時の身分ランキングで言えば1、2を争うくらいの身分の高さである。一方で、夕顔は没落した家の娘。御息所とは比べ物にもならない身分である。だが光源氏は明らかに夕顔に心を傾け、ずっと一緒にいたがっているのだ。

御息所からすれば、自分より没落した家の娘に光源氏が愛を注いでいることに「嫉妬している自分」が許せなかったのではないだろうか。御息所といえば、身分も高く、さらに教養もあるため、誰かに嫉妬した経験も少ないだろう。そんな彼女が、人生でほとんど経験したことのない、自分よりも低い身分の女性への、嫉妬。

それは自分よりも上の身分、あるいは自分よりも努力家である女性への嫉妬よりも、ずっと苦しかったのではないだろうか。

『源氏物語』のなかでも有名なエピソードである「六条御息所の呪い」は、意外と夕顔と六条御息所の階級差を鑑みると、六条御息所の気持ちも分かってしまう。現代よりもずっと階級差がしっかり存在していた平安時代、自分よりも下の身分の女性に嫉妬してしまう御息所の物語は、さまざまな能や舞台のテーマになる。それは階級差と嫉妬という二つの要素が、時代を超え、普遍的な関係を持っているからだろう。

光源氏からすれば、年上の身分の高い女性である御息所と、素朴で身分の低い女性である夕顔、どちらも素敵だなと思ったのは本当なのだろうが、その階級差が、女性たちに悲劇をもたらしてしまった。ここに『源氏物語』のヒロインの多様さ、その面白さが存在している。

桐壺更衣の悲劇から紫式部の観察眼を知る

ちなみに「身分差が生み出した嫉妬」という主題は、『源氏物語』のおそらく最も有名な箇所にも登場する。

〈意訳〉

それは帝がどなたの時代だったか——宮中に女性はたくさんいたけれど、そのなかで彼女は、誰より帝の寵愛を授かっていた。

身分は決して高くない。その事実が身分の高い女性の妬みを誘い、さらにもっと、彼女と同じ、あるいは低い身分の女性の苛立ちを掻き立てた。

「なんで、あの女?」

宮中の憎悪を一身に引き受けていた。

帝は毎日会いたがった。朝と晩、毎日二回、彼女は帝のお側に上がる。そのたび廊下を渡る姿に女たちは苛立ちを募らせた。
嫉妬や憎悪は彼女の体を巣食い、病気がちになってしまった。しかし帝は、最近さらに華奢で儚い雰囲気を漂わせている彼女を見て、「かわいそうに、だけどたまらないな」と思ったらしい。実家へ帰ろうとする彼女を止めたのは、帝自身だった。
帝は世間の批判を気にせず、さらに寵愛を深めた。それは世間の語り草になるほどの溺愛っぷりだった。

〈**原文**〉
いづれの御時にか、女御、更衣あまたさぶらひたまひけるなかに、いとやむごとなき際にはあらぬが、すぐれて時めきたまふありけり。はじめより我はと思ひ上がりたまへる御かたがた、めざましきものにおとしめ嫉《そね》みたまふ。同じほど、それより下臈の更衣たちは、ましてやすからず。朝夕の宮仕へにつけても、人の心をのみ動かし、恨みを負ふ積りにやありけむ、いとあつしくなりゆき、もの心細げに里がちなるを、いよいよあかずあはれなるものに思ほして、人のそしりをもえ憚らせたまはず、世のためしにもなりぬべき御もてなしなり。

（『新潮日本古典集成　源氏物語　一』石田穣二・

清水好子校注、新潮社、一九七六年）

世にも有名な『源氏物語』冒頭部分だ。のちに光源氏の母となる桐壺更衣は、身分が低かった。なんせ「衣を更《か》える」と書いて「更衣」だ。もともとは天皇の着替えを手伝う役職らしい。女房より上の身分ではあるが、当然、跡継ぎを産むための后候補の女性たちよりは下の身分。

　しかしこの冒頭、私は紫式部の描写力に感心してしまう。というのも桐壺更衣の受ける寵愛に、身分の高い女性たちが怒るのは分かるのだ。当時の価値観で自分よりも低い身分の女性が愛されていたら「なんであの女？」と噂になるのは仕方がない。前述した六条御息所もこのパターンである。しかし、紫式部はその描写で終わらせない。桐壺更衣と同じ身分、あるいはその下の身分の女性たちのほうが、「ましてやすからず」＝「（身分の高い女性よりも）よりいっそう心をざわつかせている」のである。

　つまり、人間は自分と同じであるはずの人間が、自分よりも良いものを得ている時に、なにより苛立つようにできている。これは嫉妬という感情の本質だろう。「あの人があんなポジションまでいけてるんだから、私だって愛されてもいいのに」という感覚こそが、よりいっそう、彼女たちの嫉妬を掻き立てているのだ。自分の手の届かない身分にいる女性が愛されるならともかく、自分と同じような身分の女性が愛されていることが、むかつくのである。さらっと書かれている一文ではあるが、私はここを読むたび、紫式部の観察眼に恐れ入ってしまう。

この場面、面白いのが「なぜ帝はいきなり桐壺更衣を溺愛することになったのか」という経緯はまったく描かれていないところ。帝の寵愛によって桐壺更衣がいかに意地悪されたか、はこの後も散々描かれるのだが。肝心の、帝に溺愛された経緯や理由は描かれていない。『源氏物語』には、桐壺更衣と桐壺帝の出会いの場面すら存在しないのである。

『源氏物語』のヒロインたちは、恋に落ちた瞬間や多様な恋愛模様が描かれているように見えるかもしれない。だがその実、彼女たちは自分の出自に、常に縛られていたのである。自由に恋する暇もなく、階級に縛られながら男性に見初められ、そしてその渦に巻き込まれていく。『源氏物語』で描かれているのは、当時の女性たちと階級の関係そのものだった。

浮舟こそが中流階級のヒロインだった

一方、『更級日記』の作者が憧れるもうひとりのヒロイン、浮舟。彼女もまた受領階級という、中流階級の娘だった。

浮舟は受領階級の男性の後妻となった母の連れ子（つまりは受領の継娘だ）として、常陸で生まれ育った。要は、浮舟の身分は高くないうえに、東国という田舎にいた、身分としては源氏物語のヒロインのなかでも最も低いような女性である。当時は実子かどうかが重要な要素だったらしく、財産目当ての婚約者に浮舟が継娘だと知るやいなや婚約破棄される場面すら描かれている（ちなみにその後彼は、実娘である浮舟の妹に乗りかえたのだった）。

浮舟の性格は、ひたすら受け身の女性であることが特徴。東国からいきなり都へ連れて来られ、姉の夫である匂宮に恋され、さらに薫に一目惚れされたと思ったら、宇治へ連れていかれる。そんな身の上を嘆いた浮舟が詠んだ歌がこれだ。

〈意訳〉
今いる場所が、辛い現実世界を離れた別のどこかだと思えたなら、何もかも忘れられて、うれしいのでしょうけれど……。

〈原文〉
ひたぶるにうれしからまし世の中にあらぬところと思はましかば

（『新潮日本古典集成　源氏物語　八』石田穣二・清水好子校注、新潮社、一九八五年）

現実逃避も甚だしい和歌である。しかし浮舟は真剣に「ここじゃないどこかへ行きたい」と常に願っていた。その末に宇治川へ入水までしてしまうのだ。結局僧侶に助けられるが、薫の熱烈なアプローチから逃げて終わる、というのが「宇治十帖」の顚末である。

現代的な感覚からすると、浮舟はなんだか受動的で、現実を嘆いてばかりのヒロインに思えるかもしれない。しかし『更級日記』の菅原孝標女は、そんな「ここじゃないどこかへ行きたい」と願いながら山奥に連れていかれる浮舟に憧れていたのだ。

夕顔と浮舟、菅原孝標女が憧れたふたりのキャラクターを並べてみると、身分は高くないながらも、光源氏や薫に熱烈に愛され、薄幸のヒロインとして終わる……そんなヒロイン像が見えてくる。しかもふたりとも、あまり恋愛に積極的ではないが、そこにいるだけで美人の噂が立つ女なのだ。なんとも文学少女が憧れそうなストーリーだ。そして「『源氏物語』が人気になった所以《ゆえん》は、ヒロインに中流階級の女が多いところなのかもしれない……」とも思えてくる。なぜなら菅原孝標女自身こそが、受領階級つまりは中流階級の娘だったからである。

さらに『源氏物語』の作者である紫式部もまた、受領階級の娘だった。当時物語を読んで暮らすような貴族の娘は、中流階級の女性が多かったのではないだろうか。だとすれば、

『源氏物語』は、そんな中流階級のヒロインが誕生した物語そのものだったのだ。

『源氏物語』ヒロインを階級で並べてみる

『源氏物語』は、藤壺や紫の上といった身分の高い女性の華やかな宮廷物語を想像するかもしれないが、物語を彩っていたのは、実は中流階級の娘たちだった。そして読者もまた、自分と同じような、そこまで身分の高くないヒロインが光源氏に愛されている様子を楽しんでいたのだろう。『源氏物語』の「帚木」の巻では、「雨夜の品定め」と呼ばれる男性たちの会話が綴られているが、その会話の内容もまた「どのような階級、身分の女性と付き合うべきか」というものだった。そう、『源氏物語』とは多様なヒロインが登場する物語でありながら、同時に多様な階級のヒロインの物語でもあったのだ。

ためしにヒロインたちの階級を並べてみよう。

宮中
1位　藤壺中宮（父は桐壺帝の前帝。桐壺帝の中宮。息子が冷泉帝）
2位　明石中宮（父は光源氏。東宮の中宮。息子が東宮）
3位　秋好中宮＝斎宮女御（父は桐壺帝の弟。冷泉帝の中宮。子どもはいない）

4位　弘徽殿大后（父は右大臣。桐壺帝の最初の妃）
5位　六条御息所（父は大臣。前東宮の妃）
5位　桐壺更衣（父は大納言。桐壺帝の更衣）
7位　朧月夜尚侍（父は右大臣）

皇族
1位　女三の宮（父は朱雀院。六条院の正妻）
2位　紫の上（父は兵部卿宮。六条院の対の方）
3位　末摘花（父は常陸宮）

臣下
1位　玉鬘（父は太政大臣。鬚黒太政大臣の妻）
2位　雲居の雁（父は太政大臣。夕霧右大臣の正妻）
3位　六の君（父は夕霧右大臣。匂宮の正妻）
3位　葵上（父は左大臣。源氏最初の正妻）
3位　花散里（父は大臣）

受領階級
1位　明石の君（父は前播磨守。明石中宮の母）
2位　筑紫の五節（父は大宰大弐）
2位　藤典侍（父は左京大夫）
2位　夕顔（父は三位中将）
2位　空蟬（父は衛門督）
6位　軒端荻（父は伊予守）
7位　浮舟（実父は八宮だが認知されていない。義父は常陸介）

と、一応つくってみたものの、かなり無理矢理序列をつけたに過ぎない。微妙なところは同じ位にしてある。なにより父や夫が亡くなったり没落すれば身分は変わるし、母の身分や子どもの状況によっても変わってくる。そのためこの序列も曖昧なものでしかないのだ。

私が伝えたかったのは、『源氏物語』に登場する身分の階級の多様さそのものだ。紫式部も受領階級の人間でありながら、宮中で藤原道長や藤原彰子の様子を間近で見る女房でもあった。だからこそ彼女は、宮中での派手で高貴な政治模様に翻弄されるヒロインも、読者に近しい身分のヒロインも、どちらも描けたのだ。結果として『源氏物語』は、菅原孝標女のような中流階級の娘も読者として得ることができた。様々な身分の女性が楽しめるストーリーになったのだ。

階級だけで回収されないヒロイン像

「雨夜の品定め」の場面で、まだ若い光源氏に、男たちはこんなふうに声をかける。

〈**意訳**〉

受領という、地方の政治に関わる階級の人々がいる。彼らは中流という階級は決まっているのだが、実はその中でも細かく身分が分かれている。だからこそ、受領階級の中で、気品がいい感じの女性を、最近は選び出すことができるんですよ。（中略）

最近はもう、家柄の階級や、ましてや容姿なんて女性を選ぶ基準にならないんですよ。とにかく性格が悪くてひねくれた女性はだめ。とにかく真面目で精神が安定した感じの人を、生涯の伴侶に選ぶのが一番です。

〈**原文**〉

受領と言ひて、人の国のことにかかづらひいとなみて、品定まりたるなかにも、またきざみきざみありて、中の品のけしうはあらぬ、選り出でつべきころほひなり。（中略）

今はただ品にもよらじ、容貌《かたち》をばさらにも言はじ、いとくちをしく、ねぢけがましきおぼえだになくは、ただひとへにものまめやかに、静かなる心のおもむきならむよるべをぞ、つひの頼み所には思ひおくべかりける。

（『新潮日本古典集成　源氏物語　一』石田穣二・清水好子校注、新潮社、一九七六年）

そう、受領階級の女性って、割といいよ！　ということを、紫式部は作品の最初の方で提示している。「女性は身分でも容姿でもない、性格が安定していることだ」と光源氏に語りかける男たち。これを書いている段階で『源氏物語』のこの後の展開を紫式部がどこまで構想していたのかは分からない。しかしやはり階級というものは、『源氏物語』のヒロインたちを描く上で、紫式部にとっても重要な主題だったのだろう。

平安時代に生きていた彼女たちは、生涯、階級から離れられることはなかった。しかし同時に、受領階級をはじめとして、結婚や出産、そしてちょっとした政治状況の変化によって身分は揺れ動く時代でもあった。紫式部がいうところの「きざみきざみ」、つまり微妙な階級の差異が、彼女たちの運命を分けていたのだ。

ちなみにこの「雨夜の品定め」、男たちが昔付き合った女の話をそれぞれするのだが、最後はこんな話で締められる。

若き頃の藤式部丞が、ある博士の娘と付き合うことになった。彼女は漢詩文も作ることができて、自分は太刀打ちできないほど頭のいい女性だった。しかし日々の会話のなかでも、学問について語り合うことを求められ、「ちょっと疲れるな、これでは心が休まらないし、妻としては……」といつしか疎遠になっていった。久しぶりに彼女のもとへ訪れると、すっごくニンニク臭い。何かと思えば彼女は「風邪薬の臭いがひどいので、臭いが抜けた頃に来てください」という和歌を詠んでくる。自分も和歌を詠み、さすがに逃げ出してしまったのだった。

——笑い話として描かれているが、「賢い女」をこんなふうに風刺していること自体、紫式部という稀代の才女の自虐が窺えてしまう。さまざまな階級の女性を描いた紫式部であったが、「賢い女」はとうとうまともなヒロインとしては登場させなかった。ただ笑い話として綴っただけなのだ。

この話を受けて、頭中将は「おいらかに鬼とこそ向かひゐたらめ（鬼と向き合っていたほうがましな女じゃないか）」と述べる。

『源氏物語』にはさまざまな階級のヒロインが登場し、それぞれに幸福になったり、幸福になれない運命を抱えて終わったりする。しかし受領階級のヒロインのひとりであるはずの、作者・紫式部は、「賢い女」を「鬼のほうがまだましだ」と評する。

このような紫式部の捩《ねじ》れたコンプレックスもまた、『源氏物語』のヒロインたちを、階級闘争だけでは終わらせない奥行きをもったキャラクターに仕立て上げているのではないだろうか。

『源氏物語』のヒロインたちは、さまざまな切り口で楽しむことができる。それはまさに、紫式部自身が、女性たちをそのような多様な視点でじっと観察していた証ではなかっただろうか。

コラム② 夕顔物語

宮田愛萌

Photo : Kenta Koishi

宮田愛萌（みやた・まなも）

1998 年東京都生まれ。2023 年アイドルグループ卒業時に『きらきらし』（新潮社）で小説デビュー。『小説現代』（講談社）でエッセイ「ねてもさめても本の中」連載中。『短歌研究』短歌研究員。TBS podcast「ぶくぶくラジオ」配信中。バターの女王アンバサダー就任。

源氏物語との出会いは小学生の頃、講談社青い鳥文庫の『源氏物語　あさきゆめみし』だった。大和和紀《やまとわき》さんの漫画をノベライズしたもので、子どもにもわかりやすいように登場人物を減らし、全五巻にわたって光源氏の一生に焦点をあててえがいた物語である。当時の私は紫の上に夢中で、いつか紫の上になりたいとさえ思っていた。穏やかで賢く美しい少女は、まさに理想像だった。

　次に私が源氏物語にきちんと触れたのは高校生になってからだった。なんとなく古典にハマった私は、古典の成績を上げるのではなく、授業で習う以外の部分も読み込んで、クラスで一番の平安オタクになろう、と妙な方向に舵を切った。新手の中二病である。私の古典のノートは色々な参考書を読み込んだ様々な解釈が細かい字で書き加えられ、当時の貴族たちが着ていたであろうとされる着物の色も色鉛筆で塗ってフルカラーで描いてあった。ノート提出の際は先生が嬉しそうだったのを覚えているが、成績がいまいちパッとしなかったため、「成績はどうした」と思われていただろう。テスト範囲を無視して源氏物語を読んでいたのだから当たり前だ。友人に「菅原孝標女みたいだねえ」とからかわれたこともある。

そんな頃に出会ったのが、夕顔である。これは運命の出会いだ。

夕顔には、儚い印象がある。私はあまり花に詳しくはないが、夕顔はウリ科の植物で、白い花をつけるということは、小学校の理科の授業で習って知っている人も多いだろう。そのイメージがあるのだろうか。どこか柔らかで、目を離したすきにしおれてしまいそうだと思っていた。だからか、夕顔という登場人物にも、同じような印象を抱く。もっとも、光源氏が夕顔と出会うきっかけとなったのが、夕顔の花を摘もうとした時に差し出された扇に書かれていた夕顔の歌であるというところからして、作者である紫式部がこうした印象を抱かせようとしているのだろうとは思っている。

当時の私が好きになるのは、どちらかと言えば、葵の上のようなタイプだった。すこし意地っ張りで気が強い。それでも繊細なところもあって可愛らしい。素直になれなくてもどかしいところも可愛いと思っていた。それなのに「一番好きなヒロインは」と聞かれると「夕顔」と答えるようになっていたのはなぜだろうか。彼女には不思議な魅力がある。夕顔の花には、この源氏物語を由来に「魅惑の人」という花言葉もあるらしい。

日本において、花言葉というものがいつ頃どんな経緯で出来、定着したのかについて詳しくはないが、夕顔という女性がそんな風に思われていることについてはまちがいないだろう。好きに理由は要らないということなのかもしれない。

そしてもう一つ。

「心あてにそれかとぞ見る白露の光そへたる夕顔の花」

私は夕顔の巻に出てくるこの歌がすごく好きだ。夕顔の巻を象徴する歌であり、夕顔と光源氏が交流するきっかけになった歌でもある。

この歌は、現代語訳する時に「もしかしてあなたかしらと思いましたの」と曖昧さを残した訳をするか、「ただのあて推量ですが、光る君かと思いまして」とまっすぐに問いかける訳にするかで、夕顔の人物像が大きく変わるのではないかと思っている。あなたは光源氏かとまっすぐに問いかける訳にすると、夕顔は一気にあざとい印象になる。あて推量と言いながらもほぼ確信していないと詠めない歌である。大胆さをもちあわせながらも、さらりと品の良さがうかがえる。しかし「あなたかしら」という訳にすると、この子はもしかして光源氏の姿を頭中将と間違えて、もしくはそうであることを期待して詠みかけてみたのではないか、という解釈も生まれるのだ。そうすると一気に健気でいじらしい印象になるだろう。

まっすぐ問いかけてくる方が光源氏のタイプなのではないか、と私は思っている。光源氏は、少し前に六条御息所に出会い、夢中になっていた。また、雨夜の品定めのシーンでは色々な女性についておにいさま方に教えてもらっていたため、ただのいじらしい人ではここまで気に留めなかったのではないだろうか。だからこその「寄りてこそそれかとも見めたそかれにほのぼの見つる花の夕顔」という返歌なのだろうと思っている。「近寄って確かめ合ってみませんか」というようなニュアンスを含んだ歌をあえて筆跡がわからないようにして送ることで、相手の気をひこうとしているのではないだろうか。

ただ、夕顔の真意はわからない。当たり前だが、彼女の口から明確に頭中将については語られず、気にしていたのか、覚えているのか、ということも不明のままだ。可愛い女の子には必ず秘密がある、とよく言われるが、まさにこういうことなのかもしれない。

この解釈については多くの人が様々な研究をされ、発表されている。通説としては「それ」というのは光源氏を指すのだろうが、個人で楽しむならば自由に色々な解釈の可能性を楽しみたいと私は思う。色々な解釈があり、一般的に正しいとされることをわかった上で、「でもこうだったらめっちゃ可愛いと思う」と妄想することは悪ではない。

私はよく、もし夕顔が、正直本当に相手が誰だかわかっていない状態で、でもなんとなく高貴な人だなと思ったからもう失うものなんてないとダメ元で「もしかしてあなたでしょう!」と言ってみたら、相手が本当に光源氏で……というドタバタラブコメ的な妄想をする。源氏物語のそんな楽しみ方だってあるのではないだろうか。

私は、源氏物語を古典として読んだことがあまりないのだと思う。古典の勉強法としては定番のひとつひとつ品詞分解していくやり方も、大学の日本語学の授業までほぼやったことがなかった。そのせいか、学問として源氏物語を研究したことがない。古典の勉強というものを知る前に物語を知っていたから、先入観なしに、身近な物語のような楽しみ方をしてしまっているのだろう。

この本の読者にはどんな人がいるのだろうか。源氏物語が好きで、もしかしたら大学で研究しているような人もいるかもしれない。大河ドラマがきっかけで気になった方もいるだろう。源氏物語は読んだことないけれど、なんなら古典も読まないけれど、だれかにつられて手に取った人もいるかもしれない。もしそんな人がいたら、源氏物語はあまり気負わずに読んでみてほしい。全巻読むのがめんどくさければ、気になったヒロインが出てくる巻だけまず読んでみるのも良い。はじめは現代語訳で、次に古語の意味と照らし合わせながら。そうしてゆっくり読み進めていくことが、源氏物語の沼への入り口だ。

PART 3

時代を超える、言語を超える

第5章

現代〝小説〟としての『源氏物語』

——ヘテログロシアの海で

鴻巣友季子

撮影：五十嵐美弥

鴻巣友季子（こうのす・ゆきこ）

英語圏文学翻訳家。訳書にエミリー・ブロンテ『嵐が丘』、マーガレット・ミッチェル『風と共に去りぬ』（全5巻。以上新潮文庫）、ヴァージニア・ウルフ『灯台へ』（河出書房新社『世界文学全集 II-01』）、J・M・クッツェー『恥辱』、マーガレット・アトウッド『誓願』（以上ハヤカワ epi 文庫）など多数。文芸評論家としても活動し、朝日新聞、毎日新聞などで書評委員や文芸時評を担当。著書に『文学は予言する』、『謎とき『風と共に去りぬ』』（以上新潮選書）、『翻訳ってなんだろう？』（ちくまプリマー新書）など多数。

世界に先駆けた「世界文学」

平安時代、西暦でいえば十一世紀に紫式部によって書かれた『源氏物語』とはいかなる存在なのか？　この章ではそれを海外読者からの視点でも見てみたい。結論を最初に書けば、それは世に先駆けて現れた「世界文学」、あるいは世界文学レベルの物語集だった。なお、本章で使う「世界文学」とは十九世紀にゲーテが提唱した「ヴェルトリテラトゥール（Weltliteratur）」に端を発する西洋文化の概念であることをお断りしておく。

本稿では、一九二〇年代のモダニズム文学の時代にアーサー・ウェイリーの英訳を通じて『源氏』を受容した、イギリスの作家ヴァージニア・ウルフの書評を主に紹介しながら論じる（書評全訳は一四三ページ参照）。『源氏物語』は形式、文体、内容の点から、モダニズム文学と同質の現代〝小説〟であったことを解説したいと思う。

たとえば、明治の日本にも『源氏物語』のモダンさを直感的に見抜いていた政治家がいた。末松謙澄《すえまつけんちょう》という政治家でありジャーナリストだ。彼は『源氏物語』の一部を英語に訳し、第十七帖「絵合」を *Genji Monogatari: The Most Celebrated of the Classical Japanese Romances* として、ロンドンのトリュブナー社から一八八二年に出版したのだった。

つまり、二十世紀初頭にアーサー・ウェイリーの全訳が登場する以前に、『源氏』の英訳を手がけた日本人がいたということだ。末松謙澄がどうしてそんな難事に挑んだのかといえば、日本が文明国であることを証明するためだった。日本は十一世紀にしてすでにきわめて高い水準の文芸作品を生みだしていたこと、また、そこに書かれた暮らしの文明的レベルの高さ。これだけの文明国なのだから、幕末に日本が欧米諸国と結んだ不平等条約をもっと平等化すべきだと説得して、交渉の道具に使おうとしたのだ。

この英訳版がどれぐらい普及したかはともかく、ある意味、攻略の方向性はあながち間違っていなかったと言えるだろう。英米の読者はのちにウェイリーの全訳を介して『源氏物語』と出会うと、この洗練された物語の書き方や心理描写、話法などに目を瞠った。ヴァージニア・ウルフ、ジェイムズ・ジョイス、T・S・エリオット、マルセル・プルースト、アンドレ・ジッドら、当時欧米で興隆を誇っていたモダニズム文学と比べてまったく遜色がないと感じたのだ。

実際、ウルフは『源氏物語』の第一巻の書評を書いているが、その文中で『源氏物語』を当たり前のように「小説（novel）」と呼んでいて、わたしもびっくりしたものだ。novelというのは、十七世紀か十八世紀にヨーロッパで始まったものとされているが、じつはその何百年も前に、しかもアジアの小さな国に、小説のルーツがあると言っているようなものではないか。

叙事から抒情へ

たいへん大雑把にいって、西洋文学は定型詩である韻文（詩）に始まり、近代化につれ定型をもたない散文にその中心を移していったという流れがある。小説が文学の中核をなしてくるのは、たかだか二百数十年前の十八世紀からだ。

韻文から散文への主流の移行とは、文学の役割の移り変わりとも換言できるかもしれない。叙事（epic）から抒情（lyric）へ。事を叙することを主眼とする「こと」の文芸から、情を抒《く》むことを要諦とする「こころ」の文芸への推移。

古代ギリシャには、国と王の栄華や、英雄の武勇を重厚なヘクサメトロス（六歩格。一行が六つの韻脚からなるもの。古代ギリシャの標準的な韻律）で綴ったホメロスやヴェルギリウスによる叙事詩があり、しかし古代ローマ時代になると、その質実剛健な作風から離れたエレゲイア（ヘクサメトロスに五歩格のペンタメトロスの一行を加えた二行単位の詩形）の形で書かれた恋愛詩が流行する。この叙事から抒情への変遷が、長い文学の歴史のなかで大きな相似形として展開したとも言えるのではないか。

古代ローマ時代にエレゲイア恋愛詩が流行って以降も、叙事詩の形態は相変わらず文芸の主流にあった。繊細な抒情を表現する散文文学がコモンリーダー（一般読者）にも広く深く浸透していくのは、前述したとおり小説という形式が発達してからだろう。

韻文から散文、叙事から抒情へのシフトにつれ、文字文芸は公的な記録や戒めと称賛を伝える物語としてだけでなく、私的な情感や官能などの「心の襞《ひだ》」を表現し感受する場として重要になり、リアリズムにロマンティシズムを混交させ、焦点を全体から個人へ移し、作品内に流れる時間のありかたを変容させた。一方向、一直線に流れる「クロノス時間」的な書き方から、人間の内面を投影して波状に行き来しながら進んでいく「カイロス時間」的な叙述に変わっていったのだ。

カイロス時間とは、いわゆる心理的な時間である。非常に大きな現象としては、ウルフやジェイムズ、プルーストらモダニズム作家らが発展させた「意識の流れ」という手法などが挙げられる。

さて、西洋文学が経験したこれらの「移り変わり」のほとんどは『源氏物語』のなかにすでにあるのではないか、というのが、このあとの紙幅で論じていきたいことだ。アメリカに生まれ日本に暮らしながら第二言語の日本語で創作をつづける小説家のリービ英雄は、「ワシントンの少年——クリントンを追う」というエッセイ（『日本語の勝利／アイデンティティーズ』収録）で、自分は「ワシントンの権力」から遠いものの遠いものを選んできたと書き、こう綴っている。

ワシントンの権力から最も遠い日本文学の世界に、ぼくは二十五年間生きてきた。日本文学」という幅の広い領域の中で、ぼくはほとんど無意識に、「ワシントンの権力」から最も遠いものを選んでしまったのかも知れない。「公」のもの、抽象的なものから最も遠く離れた領域——漢文脈より和文脈、憶良より人麿、平家物語より源氏物語、近代においてはたとえば私小説、という風に。

『源氏物語』が公的な「こと」ではなく私的な「こころ」を描いた文学であることが、リービのこの言葉からも読み取れるだろう。

ヴァージニア・ウルフは *The Tale of Genji* をどう読んだか？

さて、末松謙澄の後に『源氏物語』の全訳に乗りだしたアーサー・ウェイリーによる *The Tale of Genji* は、英米文学界がモダニズム文学の最盛期を迎えた時分に登場する。全六巻の刊行開始は一九二五年。ちなみに、ウェイリーがGenjiを読み込み論考を書き始めたのは一九二一年ころという説もあるが、二一年といえば、T.S.エリオットの『荒地』、ジョイスの『ユリシーズ』、ウルフの『ジェイコブの部屋』が刊行された〝奇跡の年〟（一九二二年）の前年である。機は熟していた。

ウルフはウェイリーとは〈ブルームズベリー・グループ〉という前衛的な文学サークルの仲間であり、そのためもあってか、一九二五年に『源氏』第一巻が刊行されると、すぐに書評を雑誌に寄稿した。自身もその年の五月に、のちに代表作の一つとなる『ダロウェイ夫人』を上梓したばかりのころだ。

書評掲載媒体はイギリス版の『ヴォーグ』の七月号である。いまでは女性ファッション誌として知られる同誌だが、一八九二年にアメリカで創刊した当時は週刊誌であり、女性に限らず、知的なアッパークラスの読者をターゲットにしていた。ウルフは前年の一九二四年十一月号には、「口は災いのもと」とでも訳せそうな、文学界批評の辛口エッセイを寄稿している。

ウルフの『源氏』評の中身を見てみると、おおむね絶賛につぐ絶賛だが、終盤のあたりになかなか厳しいことも書かれている。『源氏物語』という個別の作品に対する批評というより、日本に対する文明批判というべきだろう。もっとも、第一巻を読んだだけの批評なので、公平性を欠くところも多分にあるかもしれない。

ともあれ、『源氏物語』はモダニズム期のイギリス文学界で華々しく発見され、瞠目された。それは間違いがない。西洋の批評家、読者たちがなにに驚いたかといえば、この十一世紀に書かれたTaleがまったく小説だったことである。しかも「現代」小説だった。先述のように、ウルフも書評中の第四段落でなんの断り書きもなしに本作をnovelと呼んでいるのだ。

臈《ろう》長《た》けた書き手、成熟した読み手

『源氏物語』のどのあたりが現代小説と言えるのだろうか？　ウルフ書評の第二段落に、戦いに明け暮れ、「声高く歌え、郭公よ！」と、野太い声で歌っていたブルトン人の詩が引かれているが、これとなにが違うのか。

ここで、『源氏物語』の最新の英訳版（デニス・ウォッシュユバーン訳、二〇一五年）を『ニューヨーカー』誌で評したアメリカの批評家ルイ・メナンドの定義を借りてくることにしよう。大ざっぱに言うと、現代小説というのは、内容的には、戦争や災いそのものを描くのではなく、人びとの暮らしを描き、国や英雄などを讃えるのではなく、個人の心理と社会との関わりを描き、わけもなく超自然的なことは起きず、リアリズムに立脚する。言語的には、定型の韻文（叙事詩）ではなく、口語体の散文で書く。文体的には、一人の語り手が語りあげるシングルストーリー型ではなく、複数の語りが交錯したりし、間テクスト性があり、ヘテログロシア（多様なナラティヴやボイスを内包している）であること。

　こうして見ると、『源氏物語』は宮中の日々の暮らしをリアルに写しとり、恋愛や人間関係に悩む人びとの心理を活写している。ウルフがとくに目に留めたのは紫式部が自宅の庭園をながめ、「葉と葉のあいだに、ひとりほくそ笑む人の口元のように、白い花が花びらを半開きにして咲いている」（第四帖「夕顔」原文：「切懸だつ物に　いと青やかなる葛の心地よげに這ひかかれるに　白き花ぞおのれひとり笑みの眉開けたる」）というような語り手の洞察の精密さ、醸しだされる抒情の柔らかさ、繊細さ、鋭利さである。

　その描写はじつにリアルであり、同時にロマンティシズムがある。このような形で心の襞に分け入ることができたのは、漢文ではなく仮名文字を使った「散文」で書かれていることも大きいだろう。

　このような文学の熟成を促したものには時代背景もあったのではないかと、ウルフは指摘している。戦争に明け暮れたイギリスと違い、男性の書き手も「戦争と政治」ばかりに身心を捧げる必要がなかったこと。また、読み手の成熟、「読みの土壌」の肥沃さにも注目する。

「彼女の聞き手は〝うるさき御心〟をもった通人たち、粋のわかる男女だったにちがいない。

怪力自慢など出てこなくても物語にじっと聴き入るおとなたちであり、彼らを驚かすには戦争などの大惨事は必要なかった。それどころか、この聞き手たちを没頭させたのは、人間の本質への深い洞察だった。拒まれるとますます焦がれてしまう光る君の性《さが》、繊細に情けを交わして暮らしたいのに決まって挫けてしまうこと、シンプルでまっすぐなものより、グロテスクなもの、突飛なものに昂《たか》ぶる質《たち》であること、降る雪の美しさ、それを見つめているうちに、こうした密かな愉しみを分かちあう相手をいつになく求めてしまうこと」というウルフの文章も臈長けている。

そしてウルフは、こうした時代にあって紫式部は「大言壮語を嫌い、ユーモアと良識を忘れず、人間の性質にひそむ両極端や奇矯に愛着し、吹きさらされた〝蓬生《よもぎう》の〟古家や、荒野原の風光、滝の落ちる音、砧《きぬた》を打つ木槌の音、野雁の啼《な》くかん高い声、女君たちの赤らんだ鼻を偏愛し、美そのものを、美しいものをいっそう美しくするあのちぐはぐさを熱愛し、みずからのもてる力を無意識に総動員して書けたのだ」と結論するのだ。

内面を表現する技術の発達

さらに、そうした内面を伝える技法がすでにしぜんと発達していたことも大きいだろう。『源氏物語』にはモダニズム文学でいう「意識の流れ」や「内的独白」に当たるものもあり、心理的な時間の流れはクロノス時間のなかにカイロス時間が取り入れられている。例としては、第三十九帖「夕霧」などはわかりやすい。光君の心中が内的独白のような形で語られ、自分の死んだ後のことが気掛かりだと紫の上に話すと、こんどは主格が紫の上に移り、彼女は顔をぱっと赤らめ、情けない、そんなに長くわたしを後に残すおつもりなのか、と思っている内心が記述される。そこから自然に紫の上の意識と内的独白に接続する。「女ほど、身の振りが窮屈でかわいそうなものはない。うつくしいものに心動かされたり……」と、ここで現実の時間は止まり、長々とした心情描写（内面の時間）がつづくのである。

もう一つといえば、声と視点を複雑に推移させる話法の革新性。作者の声と視点、語り手の声と視点、多彩な作中人物の声と視点、さまざまなレベルの「語り」が混在し、そこに和歌の挿入があるという多ジャンル性、間テクスト性、ナラティヴの重層性。これらも、現代小説として重要な要素の一つだ。

では、次項ではこの話法の混交と切り替えについて具体的に見ていこう。これらの構造を明確に浮き彫りにする角田光代の現代語訳を使用することにする。

『源氏物語』は何人称文体なのか？

この角田訳を収録した日本文学全集の編者である池澤夏樹は、「角田訳はたんに『源氏物語』を新訳しただけでなく、モダニズム文学に仕立てた」と巻末解説で評しているが、角田訳にはウルフの文体と相通じるものをわたしは感じる。たとえば、内面視点のとりかただ。世界を俯瞰する語り手が人びとの心のうちを覗いて解説するような十八世紀、十九世紀半ばまでの近代小説のそれではなく、明らかにモダニズム（またはモダニズム揺籃期）以降の視点構造が、そこには感じられる。

二〇一七年、角田光代現代語訳『源氏物語』の上巻が刊行されて間もなく、ある大学の講義の一環として、『源氏物語』とその翻訳について角田本人に話を聞いたことがある。この対談を開始する前に、聴講者にはパワーポイントでいくつかの問いを提示した。

・長大な物語群『源氏物語』の語り手はだれか？
・その語り手はどんな立ち位置にいるか？
・ときどき差し挟まれる「超越的」な声の主は？

さらに次のようなアンケートを取った。

『源氏物語』は何人称文体で書かれていると思いますか？

アンケートには複数の選択肢を用意し、聴講者のうち回答を確認できたのはざっと百人程度。調査母数としては少なすぎるだろうが、興味深いので結果を挙げておく。

一人称小説　30％
二人称小説　2％
三人称小説　43％
無人称小説　14％
その他　7％

二人称小説の可能性はおそらくない。ビュトール『心変わり』や多和田葉子『容疑者の夜行列車』（ともに、地の文において主人公が「あなた」と描写される）などの例を思い浮かべていただければわかりやすいだろう。つぎに、無人称と答えた人は、固定された視点を排した非主観的な語りを想定した。この例でよく挙げられるのは、フローベールの『ボヴァリー夫人』のいくつかの場面だが、どこにも語り手がいないという構造は厳密にはあり得ないのでこれも除外する。「その他」という回答は、「従来の人称の概念で括れない文体」という考えによる。

さて、「その他」を除くと、『源氏物語』は一人称文体か三人称文体に絞られてくるだろう。この問題が角田訳の『源氏物語』ではじつに際やかに浮かびあがり、「解決」されていると言える。語り手はだれで、どんなポジションにいるのか？　ひいては何人称小説なのか？　その語りの声はどのように獲得されていったのか？

一つ目の問いかけに対して角田光代はこう答えている。

「いちばんよくある説は、宮中でこういうことを見ていた女房がいて、語り手はその人から聞いたというものです。女房から聞いたという設定にしたのは、これは実話である、嘘ではないということを強調し、信憑性を補強するためらしい。神の視点で語られているように見えますが、伝聞なんです」

又聞きの文学　入れ子の目くらまし

なるほど、女房の語りを紫式部が聞き書きし、それを読者が読んでいるのだ。ならば、厳密には一人称小説ということになるだろうか。しかし、会場のアンケートで「三人称小説」という回答がいちばん多かった理由も想像がつく。たとえば、エミリー・ブロンテの『嵐が丘』に関してこれと同じ質問をしても、似たような結果が出るだろう。同作は実際には、家政婦から聞いた話を借家人の青年が語るという聞き語りの一人称小説なのだが、語りの大枠として存在するこの青年と、物語の大半を語る家政婦の存在、すなわち物語の外部に語る主体がいることを読者は往々にして忘れ、三人称小説として読んでしまう。

『源氏物語』でもこれと似た現象が起きるのだろう。この二作は、女房／家政婦が自分の見聞きしたことを語り手に話して聞かせ、それを読者がある種〝又聞きする〟という構図において共通する。

しかし『嵐が丘』の場合、語り手は借家人の青年として読者の目に可視化されているが、『源氏物語』はそうではない。この語り手はどういう立ち位置にいるのか？　また、角田訳には、ほとんど「だ・である」の常体で書かれた文章のなかに、時おり「です・ます体」の敬体で書かれた部分が出てくるが、この超越的な声はどこから響いてくるのだろう？

各帖の構成を見てみよう。まずは扉ページから。

夕顔《ゆうがお》

人の思いが人を殺《あや》める

帖タイトル →

見出し →

だれとも知らぬまま、不思議なほどに愛しすぎたため、
ほかの方の思いが取り憑いたのかもしれません。」↑梗概

（角田光代訳『源氏物語 上』河出書房新社、八九頁）

「夕顔」というのは帖のタイトルである。光源氏に愛された夕顔は、六条院御息所のどす黒い嫉妬にあって、呪い殺されるようにして亡くなってしまう。つぎに、「人の思いが人を殺める」という、見出しあるいは副題のようなものが入っている。これは角田が版元からの要望を受けて、オリジナルで入れたものだという。つぎに、帖のサマリーのような「だれとも知らぬまま……」という敬体のパッセージが入る。これも角田が自分の言葉でまとめたものである。

さらに、この帖の最後を見てみよう。ここには歌が挟まれている。

考えてみれば、驚くほどの意志の強さでこちらを振り切っていってしまったなあ、と光君は思い

続けている。今日はちょうど立冬の日だったが、それに似つかわしく、時雨《しぐれ》がさっと通りすぎ、空はずいぶんものさみしい色に染まっている。光君は一日中もの思いにふけっている。↑**地の文**

過ぎにしもけふ別るるも二道《ふたみち》にゆくかた知らぬ秋の暮かな　↑**作中歌**

（死出の道に向かった女、旅路へと向かう女、それぞれ道は違うが、いったいどこへ行ってしまったのか。秋の暮れもどこに去ったか）

やはりこういう秘めた恋はつらいものだと、光君も身に染みてわかったに違いありません。

このようなくどくどした話は、一生懸命隠している光君も気の毒なことであるし、みな書き記すのを差し控えていたのだけれど、帝《みかど》の御子《みこ》だからといって、欠点を知っている人までが完全無欠のように褒め称《たた》えてばかりいたら、作り話に違いないと決めつける人もいるでしょう。だからあえて書いたのです。あんまり慎みなくぺらぺらしゃべるのも、許されない罪だとはわかっていますけれどね。

草子地→

（同前、一三六頁）

「やはりこういう秘めた恋はつらいものだと……」からが敬体になっている。角田訳はこの部分に画期的な創意があるのだ。この敬体の部分は、地の文に語り手の声がじかに混じってくる「草子地」と呼ばれるものである。外国文学では三人称多元視点で俯瞰的に見て語っている「神の声」に近いかもしれない。これまでの『源氏』現代語訳では、地の文も草子地も同じリズムで、同じように訳されていた。

角田は最初、この草子地をうるさく感じたと言うが、訳しているうちに「だんだん可愛く思えてきた」と言う。光源氏のことを、かっこいい、かっこいい、歌も勉強もできると褒めていたかと思うと、「こんなになんでもできると言うと、作り話と思うかもしれませんが……」などと作者の言い訳が何度も出てくる。いちばん微笑ましく思ったのは、音楽会のようなことをしているときに、みんなが順繰りに歌っていく場面で、だれがなにを歌ったかを四つぐらい書くと、そこで作者が出てきて、「もうあとは書かなくていいよね。みんな酔っぱらってて出来もよくないし。はいっ、つぎいこう!」という感じで打ち切ってしまうくだりだったという。それを角田は、漫画でページをめくると作者が出てきて、「こんな漫画みたいなことあるわけないですよね」と口を出してきたりするコマに喩えた。

ちなみに、「草子地とはそんなものだと考えてもいいですかと、専門家に尋ねたのですが、先生は『いいです』とは言いませんでした（笑）」とのことだ。

さて、角田はこの「見出し」「概要」「草子地」の部分で、だれかがこの物語を伝えようとしていること、物語の外側に伝えるだれかがいることを表明しようとしたと言う。だから、区別するためにそこだけが敬体になっているのだ。西洋の物語にも、作者／語り手が出てくるものは、古来たくさんある。ただし、西洋の言語ではIに当たる一人称主語を使わざるをえない。古代ギリシャのホメロスの叙事詩『オデュッセイア』や、最古の英語叙事詩『ベオウルフ』にも、語り手の「わたし」は出てくる。こういう「わたし」は形式上のものだから、中身は三人称の物語として読んでも構わないと、わたし（鴻巣）は思っていたが、角田訳の『源氏』を読み、少なくとも『源氏物語』の語り手のI（「わたし」に当たる言葉は出てこないが、一人称の語り手）は前述の叙事詩と違った機能をもつため、無視できないと考えるようになった。これを無視するのは、『嵐が丘』で語り手の青年ロックウッドの存在を無視するようなものだ。角田光代の新現代語訳が鮮やかに浮き彫りにしたのは、批評的な語り手の声であり、『源氏物語』のもつモダンな多層構造だった。

現代カルチャーとしての『源氏物語』

ここまで見てきたことをまとめれば、すなわち『源氏物語』は現代小説の要件をすべて満たしているということになる。

とくに視点構造の玄妙さにおいては、ジェイン・オースティン、ヘンリー・ジェイムズ、ヴァージニア・ウルフその人にも比肩するだろう。リアリズムの点では、イギリスで小説の起源といわれるデフォーの『ロビンソン・クルーソー』とは、内面描写の細かさと精度において段違いだ。十一世紀初頭の東洋で、「世界初の小説」にして一級の世界文学がすでに書かれていたことに、西洋読者は驚いたことだろう。

一方、終盤でトルストイやセルバンテスと比べると、精神的な強さ、芳醇さ、成熟には欠けると、ウルフは評している。これは裏を返せば、あえかで幽玄なもの、枯れた美を好み、その反面、稚児のような無垢さや幼さを尊ぶということ。日本人の特性のようにいわれる侘《わ》び寂《さ》びとカワイイ文化のドッキングが、十一世紀の文芸作品にも見られることは興味深いではないか。

主な参考文献

マイケル・エメリック『てんてこまい――文学は日暮れて道遠し』五柳叢書
日向太郎『憧れのホメロス――ローマ恋愛エレゲイア詩人の叙事詩観』知泉書館
オウィディウス／中村善也訳『変身物語』岩波文庫（上下）
リービ英雄『日本語の勝利／アイデンティティーズ』講談社文芸文庫

紫式部／角田光代訳『源氏物語』河出書房新社（上中下）
紫式部／窪田空穂現代語訳『源氏物語』作品社（一二三四）
The Tale of Genji, Shikibu Murasaki, translated by Arthur Waley, Foreward by Dennis Washburn, Tuttle Publishing, 2015
The Essays of Virginia Woolf Volume IV 1925-1928, edited by Andrew McNeillie, A Harvest Original Harcourt, INC., 1994
Wuthering Heights, Emily Bronte, Oxford At Clarendon Press, 1976
"The Radiant Prince Comes to Fifth Avenue", Louis Manand, *The New Yorker*, 2019/4/19
"Arthur Waley, Bloomsbury Aesthetics and The Tale of Genji", Adrian J. Pinnington, フェリス女学院大学紀要, 1988/3

『源氏物語』書評

評者 ヴァージニア・ウルフ／訳 鴻巣友季子

本誌の読者諸氏には説明など不要だろうが、かの僧院長アルフリックが「聖書聖訓」をものしたのは九九一年のころであり、それと相前後して、同氏による旧約・新約両聖書の解説書が世に出た。これらの出版は、デンマーク王スヴェンがイギリス国王の座につくという（あまり知られていないにしろ）衝撃の史実より時期的には早い。当時は、敵方と戦ったかと思うと、猪と戦い、そうでなければ藪と沼地を相手にした戦いが絶え間なくあり、男たちは苦役で拳を腫らし、危機に瀕して心の余裕を失い、目を煙でやられ、沼地のイグサを踏む足は冷えきって——そうしたなかで、わたしたちの祖先はみずからペンをとり、写本し、翻訳し、年代記を編み、あるいは衝動に駆られてこんな歌をだしぬけに、しゃがれ声で歌ったりしていたのだ。

夏は来たりぬ
声高く歌え、郭公よ！

（十三世紀前半、中期英語の詩。作者不明）

――いきなり口をついて出る彼らの荒々しい叫びは、こうしたものだった。一方、同じころ、地球の反対側では、紫式部が自宅の庭園をながめ、「葉と葉のあいだに、ひとりほくそ笑む人の口元のように、白い花が花びらを半開きにして咲いている」〔原文「切懸だつ物にいと青やかなる葛の心地よげに這ひかかれるに　白き花ぞおのれひとり笑みの眉開けたる」〕ことに目を留めていた。

　イギリスであまたのアルフリックとアルフレッド〔大王〕がしゃがれ声で語り、咳払いなどしているそのころ、この宮中の女性作家は――本人についても詳細不明。この大河小説が読者の前に六巻の全姿をあらわすまで、訳者のウェイリー氏は作者に関する情報を巧みに伏せておくつもりのようである――絹の十二単をまとって、屏風絵を前に坐し、和歌を詠む声に耳を傾け、庭園には花々が咲き、木々の梢ではウグイスがさえずり、ひねもすお喋りに興じ、夜もすがら舞を楽しんでいた。そうして坐した彼女は一〇〇〇年ごろ、「光源氏」の人生と冒険の物語を語りだすことになる。

　とはいえ、紫式部はいかなる意味においても、年代記（叙事）作家ではなかった。そうしたイメージは急いで払拭しておかねばならない。『源氏物語』を一帖ずつ読み聞かせたというから、聴衆を想定してよいだろう。とはいえ、彼女の聞き手は〝うるさき御心〟をもった通人たち、粋のわかる男女だったにちがいない。怪力自慢など出てこなくても物語にじっと聴き入るおとなたちであり、彼らを驚かすには戦争などの大惨事は必要なかった。それどころか、この聞き手たちを没頭させたのは、人間の本質への深い洞察だった。拒まれるとますます焦がれてしまう光る君の性《さが》、繊細に情けを交わして暮らしたいのに決まって挫けてしまうこと、シンプルでまっすぐなものより、グロテスクなもの、突飛なものに昂《たか》ぶる質《たち》であること、降る雪の美しさ、それを見つめているうちに、こうした密かな愉しみを分かちあう相手をいつになく求めてしまうこと。

紫式部が生きた時代は、この作家にとって、とりわけ女性作家にとって、最も恵まれた季節のひとつだった。戦争第一の時代ではなく、男たちの興味の中心は政治ではなかったからだ。戦争と政治、この二つの暴力的な圧力から解き放たれ、物語は主としてこうした洞察のなかに人びとの生をおのずと浮き彫りにした――人の言動の複雑怪奇さ、男がなにを口にして、女がなにを口にしたがらなかったか、まるで水面に跳ぶ魚のように、銀の鰭で一閃、静寂《しじま》のおもてを破る詩歌のこと、舞や画《え》、それとも、しっかりと安心感に包まれた者だけに可能なあの猛々しい自然への讃歌……。そんな時代にあって、この紫式部は大言壮語を嫌い、ユーモアと良識を忘れず、人間の性質にひそむ両極端や奇嬌に愛着し、吹きさらされた〝蓬《よもぎ》生《う》の〝古家や、荒野原の風光、滝の落ちる音、碪《きぬた》を打つ木槌の音、野雁の啼《な》くかん高い声、女君たちの赤らんだ鼻を偏愛し、美そのものを、美しいものをいっそう美しくするあのちぐはぐさを熱愛し、みずからのもてる力を無意識に総動員して書けたのだ。書き手が日々のよしなしごとを美しく綴り、胸襟をひらいて読者たちに語ることがしぜんにできた時代。『源氏物語』はそうした時の申し子であった（日本ではこのようにしてその時に達したが、それがどのように壊されたかは、ウェイリー氏の解説を待つしかない）。

「こよなきものは、ありふれたもの。驕奢とから騒ぎに明け暮れ、うたかたの虚仮威《こけおど》しに目を奪われていては、悦びのいと深きを見うしなうことになるだろう」[1]。なぜなら、匠《たくみ》にもふた通りあるからだと、紫式部は言っている〔第二帖「帚木」より〕。一方に、時流の移り変わりにあわせて、すぐに廃れてしまうような慰物《なぐさみもの》を拵《こしら》える職人がいれば[2]〔原文「木の道の匠のよろづの物を心にまかせて作り出だすも、臨時のもてあそび物の、その物と跡も定まらぬは」の辺りに当たる〕、もう一方には、「人びとが日々使うものにこそ真の美を与え、伝統の定める形を与えようと努める匠もいる」〔原文「大事として、まことにうるはしき人の調度の飾りとする、定まれるやうある物を難なくし出づることなむ、なほまことの物の上手は、さまことに見え分かれはべる」〕。たとえば、「嵐吹き荒れる海に猛る海獣」〔原文「荒海の怒れる魚姿……などのおどろおどろしく作りたる物は」〕を描くようなもので、人の目をひき威《おど》かすことほど容易《たやす》いものはないと、紫式部は言う。そんなことは、そのへんの玩具職人にも能うことで、やたらと褒められているではないか。「しかしながら、ありふれた山、川の流れ、どこでも見かけるようでいて真の美しさや柔らかな姿をそなえた家々、そんな風景を、ありのままに、静かに描きだすこと、それとも、人里はなれた鄙《ひな》に見るなじみ深い生垣の奥にあるものや、とりたてて立派でもない丘の生い茂る木々、そんなあれこれを、構図、比率などに然るべく気を配りつつ写生してみせる——こうした仕事には、匠のなかの匠が腕によりをかけて筆を揮《ふる》う必要があり、凡庸な絵描きによる無数の駄作を生むことにもなるだろう」〔原文「世の常の山のたたずまひ、水の流れ、目に近き人の家居ありさま、げにと見え、なつかしくやはらいだる形などを静かに描きまぜて、すくよかならぬ山の景色、木深く世離れて畳みなし、け近き籬の内をば、その心しらひおきてなどをなむ、上手はいと勢ひことに、悪ろ者は及ばぬ所多かめる」〕

わたしたち〔西洋の読者〕にとって、紫式部の魅力とはたまさかの部分も間違いなくある。彼女が「どこでも見かけるような家々」について語ると、たちまちわたしたちの頭には、鶴と菊の花で飾られた、なにかしら優美で、夢のような、ロンドンのサービトンやアルバート記念碑から遥か遠くにあるなにかが思い浮かぶ。こんにちのイギリスでは手放さざるを得ないそうした暮らしの背景や空気を、わたしたちは紫式部の作品に投影する。思うさま投影して愉しむ。しかし、ただでさえごく繊細でデカダンスの香りのない作品を、そう、その豊かな感性ゆえに瑞々《みずみず》しく、稚児のようで、疲弊した文明にありがちな勿体や退廃が微塵もない作品を、もし美化して、感傷的な読み方に堕すならば——そういう誘惑には駆られるが——わたしたちは紫式部を深く害することになろう。彼女の魅力のエッセンスは鶴と菊の花という表象よりはるか深くにあるのだ。それは、この作家がじつにシンプルに抱いている「人びとが日々使うものにこそ真の美を与え、伝統の定める形を与えようと努める」という信条にあり、その信条は作中のあらゆるもの——帝たち、侍女たちのありよう、紫式部が呼吸する空気、目にする花々——に支えられていると読者は感じる。それゆえ、紫式部はためらいや自意識に邪魔されず、苦もなく、難なく、この人たらしの青年の物語を書き綴ってゆけるのである。「青海波《せいがいは》」をそれはみごとに舞って〔第七帖「紅葉賀」より〕、居並ぶ親王や高官たちの感涙を誘い、望んでも手に入らない女たちを愛し、その放蕩ぶりが目立たなくなるほど、礼儀礼節には非の打ちどころがなく、戯れれば稚児たちも惹きつけ、また、彼の女友達たちは心得ていたが、歌はふっつりとやんで終いまで聞けないのを吉とした皇子。

光源氏の心のさまざまな面を照らしだすべく、女たちの心を媒体とすることを、自身も女性である紫式部はしぜんと選んだ。葵の上、朝顔の姫君、藤壺中宮、紫の上、夕顔、末摘花——見目麗しい女、赤鼻の女、つれない女、情熱的な女。彼女たちは輪の中心にいるほがらかな若者に、鮮明な、あるいは、気まぐれな光を代わるがわる当てるのである。当の皇子は飛びまわり、追い求め、高らかに笑い、嘆き悲しむが、迸《ほとばし》る思いと、はかない虚栄と、笑いさざめきに、いつでも包まれている。

急《せ》かず、たゆまず、[3] 創作の泉は汲めども尽きず、紫式部の筆からつぎつぎと物語があふれだしていく。こうした創作の天分がなければ、『源氏物語』は六巻揃うまでに干上がってしまうのではと、読者も不安に駆られたことだろう。しかし天与の才のおかげで、そんな懸念は無用である。読者はじっくり腰を据え、ウェイリー氏がさしだす美しい望遠鏡を通して、この新たな星《スター》が上っていくのを眺めながら、その星がこれから大きくなり、うららかに輝くことを確信できる。とはいえ、それだけの才があっても、一等星ではない。そう、紫式部はトルストイやセルバンテスや、西洋世界の偉大な物語作家たちと肩を並べることにはならないだろう。そうした作家たちの祖先は、紫式部が格子窓ごしに、「ひとりほくそ笑む人の口元のように」開く花を見つめているころ、戦場で闘うか、粗末な兵舎に潜んでいたのだ。おぞましいもの、凄惨なもの、むさ苦しいもの、そういうものの要素が、なんらかの経験の根っこが、当時のこの東洋世界から引き抜かれ、その結果、不作法はあり得ず、粗暴なふるまいは論外という世界ができあがったが、それと同時に、ある種、人間の精神的な強さ、芳醇さ、成熟までが消えてしまったのではないか。そうしたものをなくしては、金は銀に姿を変え、ワインは水っぽくなってしまうものだ。

紫式部と西洋の偉大な作家たちとを比較しても、精度では前者が際立ち、力強さでは後者に軍配が上がるだけだろう。とはいえ、美しい世界である。育ちも良く、鋭い洞察力とユーモアを兼ね備えた、たおやかなこの貴婦人は世にも完璧な作家だ。これからわたしたちは幾星霜も紫式部の藪をうろつき、彼女の月が上り、彼女の雪が降るのを眺め、彼女の野雁の啼き声や、彼女の横笛や琵琶や縦笛が軽やかに、涼やかに、奏でられるのを聞き、そのかたわら、光る君は日々、あらゆる珍奇な趣味に手を染め、味わい、それはみごとに舞って、人びとの随喜の涙を誘うが、決して節度を忘れず、風変りなもの、より繊細で、慎み深いものをどこまでも探し求めていくのだろう。

訳者註

1. ウェイリーの翻訳にはこれに直接該当するくだりはない。
2. この箇所の artist は木製の家具職人、指物師を意味する。ウルフの原文では、ウェイリーの訳文で hit the fancy に当たる箇所が fit the fancy になっている。
3. このあたりのくだりには、ウルフより一世代上のイギリスの批評家・随筆家アーサー・クラットン・ブロックの著名な随筆「英語の散文の弱点」への軽い目配せが感じられる。

第6章

謎と喜びに満ちた〈世界文学〉

――英語を経由して『源氏物語』を読む効能

鼎談：円城 塔×毬矢まりえ×森山 恵

2023年6月15日、オンラインにて収録
聞き手＝渡辺祐真、構成＝篠原諄也

© 新潮社　　　　写真左から

円城 塔（えんじょう・とう）

1972年、北海道生まれ。小説家。東京大学大学院総合文化研究科博士課程修了。著書に『Self-Reference ENGINE』（ハヤカワ文庫JA）、『道化師の蝶』（第146回芥川賞受賞）、『文字渦』（第43回川端康成文学賞・第39回日本SF大賞受賞）などがある。

毬矢まりえ（まりや・まりえ）

俳人、評論家。アメリカのサン・ドメニコ・スクール卒業。慶應義塾大学文学部フランス文学科卒業、同博士課程前期中退。『源氏物語　A・ウェイリー版』全4巻（左右社）を妹の森山恵とともに現代語に訳し戻し「ドナルド・キーン特別賞」受賞。著書に『ドナルド・キーンと俳句』（白水社）、『ひとつぶの宇宙』がある。

森山 恵（もりやま・めぐみ）

詩人、翻訳家。聖心女子大学英語英文学科卒業、同大学院修了。詩集に『夢の手ざわり』、『エフェメール』、『みどりの領分』、『岬ミサ曲』、訳書にヴァージニア・ウルフ『波〔新訳版〕』（早川書房）がある。毬矢まりえ共著『レディ・ムラサキのティーパーティ　らせん訳「源氏物語」』（講談社）近刊。

ウェイリー版『源氏物語』との出会い

森山　円城さんは、連作短篇集『文字渦』の一篇で、アーサー・ウェイリー訳『源氏物語／ザ・テイル・オブ・ゲンジ』の一節を「戻し訳」なさっています。源氏では三二番目の帖。『源氏物語』の帖名も円城さんの短篇も「梅枝《うめがえ》」というタイトルで、お香がテーマになった素敵な場面です。けれど大長篇からあの箇所を選ばれたことに驚きました。それよりなにより『文字渦』の「梅枝」には、ウェイリー訳を翻訳する女性が登場しますよね。偶然だったのですが、円城さんの小説の登場人物になった！　と姉と二人、驚いて驚いて。そのご縁で今日は三人の鼎談が実現してとても嬉しいです。

円城　あの短篇は紙から電子へとメディアが移り変わるなかで、書くとはどういうことかをテーマとしているのですが、ちょうど『源氏物語』の「梅枝」も創作論のような側面がありました。「よろづのこと、昔には劣りざまに、浅くなりゆく世の末なれど、かなのみなむ、今の世はいと際なくなりたる」――すべてのことが昔に比べて劣っているが、かなの書だけは優れているということです。そんな「梅枝」から特に面白そうな箇所だけをつまんで訳そうと思いました。

毬矢　円城さんは、『源氏物語』などの古典は昔からお好きだったのでしょうか。

円城　実はあまり読んでいませんでした。しかし年を取るとともに日本のことで勝負せざるをえないと思うようになって、それで振り返ったときに手に取ったのが『源氏物語』でした。そもそも僕は人間関係が込み入った小説が読めません。その上に古文であればもうわからない。

古典は意外に自国からは入り口がないんですよね。古典の入門書って、読んでもよくわからない。前提が多すぎて。そういう意味ではドナルド・キーン著作集のほうが読みやすかったりする。前提が要求されないから。外側とつながっているものを一回経由するとわかりやすくなる。

毬矢　よくわかります。

円城　特に能や文楽の解説は読んでもよくわからないんです。観劇の仕方や演目の要約は書いてあるのだけど、そもそも能とは何なんだと書いてある本はほぼなくて、全然知らない人向けのものとしては、むしろキーンのほうが読みやすい。

毬矢　おっしゃるとおりですね。私は去年、本を書くために『ドナルド・キーン著作集』や『日本文学史』を読んだんです。何十巻もあってとにかく厖大なんですが、それでも文学史が系統立って解説されていて、とても理解しやすい。

円城　もともとそのなかで育った人じゃない人向けなんですよね。古典って、子供の頃から親に読み聞かされているとか、わからないのだけどぴったり肌に合っているという人にしか読めないのではという感覚が僕にはあって。

森山　日本は、文学的にも文化的にも、歴史が一度切れてしまったところがあると思うんです。国語も、現国と古典と切り離して教わる。それに昔であれば生活のなかで義太夫や謡を耳にするなど、さまざまな形で日常にもっと古典作品は生きていたはずですよね。それが途切れているから、案外日本の外から見た文学史のほうが理解しやすいかもしれないです。

円城　同じように僕は、一度英語という外側を経由したウェイリー版を読んでみて初めて、『源氏物語』がどういう話だったのかが見えてきた。それまでは「噂で知っている」ぐらいの感じで、お話の冒頭では桐壺という人が大変な目に遭うらしい、みたいな。そう思って原文を読むと、書いていない（笑）。書いてあるのだけど、二行くらいで終わってしまう。原文や与謝野訳などを読んでもよくわからなかったのが、佐復秀樹訳のウェイリー版を読むと腑に落ちる。

でも、佐復訳は普通の翻訳でちょっと惜しいじゃないですか。そこでどう違いを出せるかと考えて、僕の訳はあんな感じになりました。いつか『源氏物語』の他の箇所も訳してみたいと思っていたら、なんとお二人が全訳をされたので、もうこれでよいじゃないかと。お二人はどういう文脈でウェイリー版を翻訳したのでしょう。

毬矢　ありがとうございます。ほんとうに、なぜこんなことを思いついたのか（笑）。でもその前にひと言、ウェイリー訳についてお話ししてよいでしょうか。ご存知のように、アーサー・ウェイリーは一八八九年に生まれたイギリス人で、世界ではじめて『源氏物語』を英語全訳した人です。一九二五年に第一巻が出版されるや大評判になって、その年の内に三刷り七〇〇〇部近くが出ています。タイムズ文芸付録やニューヨークタイムズにも大きな書評が出て、「人類の天才が生み出した世界の十二の傑作」などと絶讃されます。『源氏物語』が「世界文学」になった瞬間ですね。

森山　一〇〇〇年前の東洋の小国で、しかも女性によって書かれたというのはたいへんな驚きだったと思います。ヴァージニア・ウルフの「意識の流れ」の文体など、当時のモダニズム文学にも比されたんですよね。私もウルフのブルームズベリー・グループを通してウェイリーを知りました。ウェイリー訳からフランス語、イタリア語など数々の言語に重訳もされています。

それにしてもなぜ翻訳しようと思ったか（笑）。ふり返るとまずは百人一首との出会いがあったと思います。もの心ついた頃、四、五歳でしょうか。その頃から二人で百人一首の和歌で遊んでいたんです。それが古典への入り口でした。五七五七七の調べ、言葉の響き、不思議な語彙が楽しかった。そのときに「紫式部」という人がいる、と知りました。

円城　古典の素養はそういうところからつながっていると思います。日常のなかになにがあったかという。

森山　そうかもしれませんね。だから『源氏物語』にも自然に入っていかれた。

毬矢　もうひとつは、英語など他の言語でもたくさん読書してきて、外から日本文学を読む面白さも知っていたと思います。それにしてもウェイリー訳の『源氏物語』を読んだときの驚き！（笑）

森山　光源氏が「シャイニング・プリンス」になっている（笑）。はじめは姉と面白がっていたんですが、でも「そうか、光源氏は光っているのね！」と閃きました。「かぐや姫」も輝いているのだから、男性版「かぐや姫」のようなものかもしれない。ということは、どこかの星からやってきた神的存在なのかもしれない。そう思ったら『源氏物語』への見方が変わりました。

円城　「シャイニング」と訳したときの光っている感はすごいですね。

森山　ギリシャ神話のゼウスのような存在。だからドン・ジュアンなどの女性遍歴とは意味合いが違うのですよね。それからウェイリーの英語は「モダニズム」と言っても、現代から見れば古風で上品。

毬矢　「パレス」を出て御殿に帰りましたというくだりなども、イギリスの階級社会が反映されている。それが一九七〇年代に出たサイデンスティッカー訳では「家に帰りました」などとなっていて、よりフラットで簡潔な表現になっている。

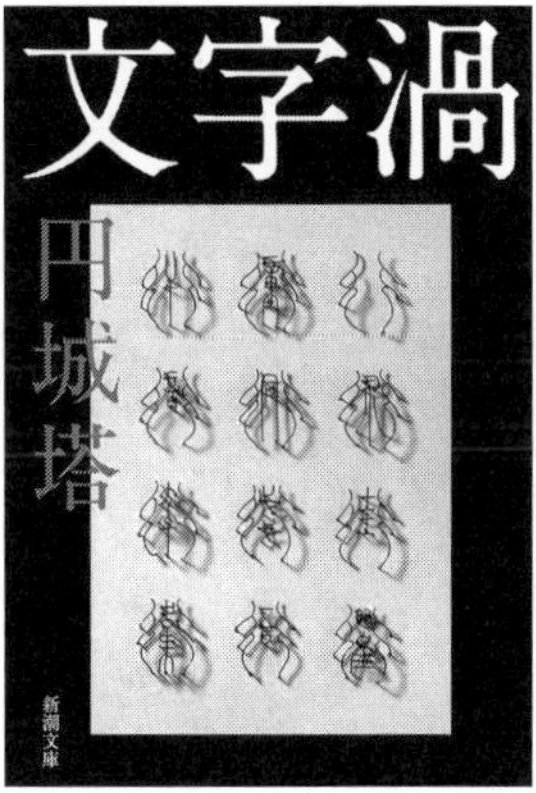

円城塔『文字渦』

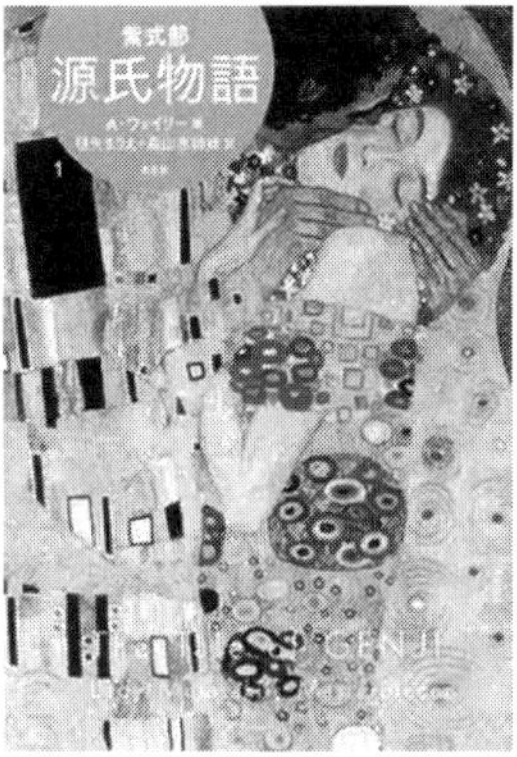

毬矢まりえ＋森山恵姉妹訳
『源氏物語　A・ウェイリー版　1』

円城　ちょっと愛人の家に行ってアパートに帰りましたという感じなんですよね。サイデンスティッカー版は言い切るような短い文が続きます。だから日本語に再び翻訳しカタカナで遊ぼうという気にならないのですが、ウェイリー版ではあえて日本語に翻訳し直す意味があるなと思いました。ウェイリー版のほうが源氏っぽいという勘が働いたんだと思います。

森山　おっしゃるとおりですね。正宗白鳥はウェイリー訳を「サクリサクリと歯切れがいい」と評していますが、やはり一〇〇年前の凝った英語で、いまの私たちから見ると美文。『源氏物語』的な言葉の厚みがあります。一〇〇〇年前に紫式部が『源氏物語』を書き、ウェイリーが一〇〇年前に英語に翻訳し、それを私たちがいま、現代日本語に翻訳し直す。そうした時間軸がとても魅力的でした。

毬矢　ウェイリーの英語は一文の息がとても長くて、同時代のフランス人作家プルーストの文体にも似通っている。プルーストの英語翻訳者はウェイリーと幼馴染みでしたから、実際互いに意識していたようです。

森山　そう、それにウェイリー訳にはシェイクスピアやイギリスロマン派の詩の言葉や聖書のイメージも訳し込まれていて、それにもワクワクしました。ですからウェイリーの英語に編み込まれた文学的重層性も伝えたかったんです。

毬矢　それで私たちは「らせん訳」という言葉を考えてみました。これは哲学者のヘーゲルが歴史を「らせん」として捉えていることから思いついた表現です。「歴史は繰り返す」とよく言われますが、実は「らせんを描くように発展している」のではないか。日本の古典『源氏物語』をウェイリーが英語に訳し、それを私たちが訳し戻すということも、「らせん」を描くようだったんですね。だから訳文の言葉も渦を巻くように重層的に伝わればと思いました。

かなの文学をどう訳すか

——毬矢さんと森山さんが訳されたときは、どのように分担していたのでしょう。

毬矢　分担、分業はしていなくて、二人それぞれが全訳して、その訳文を交換しては推敲していました。
文体については、話し合わなくても共通のイメージがあったわよね。

森山　そうそう、ほんと不思議なくらいよね。翻訳はまず「花宴」の帖から始めました。姉も同様に「花宴」を一から訳して、それを交換してひたすら推敲する。できあがったものを編集者さんに渡して、ゲラになったものを二人でさらに推敲して。

毬矢　七、八回はやりとりをしたと思います。

森山　余白も行間も真っ赤になるまで、赤字で埋め尽くされていました。嫌な顔ひとつせず対応してくれた編集者さんにとても感謝しています。

毬矢　推敲して妹とゲラを交換すると、自分の訳語が消されていたりするわけです。それで「あれはダメだった？」とか「どうして？」とか言い合って。で、絶対に消されない翻訳にしようと（笑）

円城　読み合わせをしたわけではなく、紙のやりとりだったのでしょうか。

森山　そうなんです。すべて紙。もう少し効率のよいやり方があったかもね？

毬矢　ほんと、いつも赤のフリクションペンを握りしめて。アナログだったわよね。

円城　紫式部状態ですね。

森山　たしかに一〇〇〇年前と同じですね。私は筆で書くのも好きですし。

円城　いつも手書きなんですか。

毬矢　私は手書きです。手書きしてから音声入力をすることもありますけど、最初は手書き。円城さんはいかがでしょう？

円城　僕はワードプロセッサーがないと書けない人です。パソコンでも何でもいいですけど、それがないと書けない。ただ、筆や万年筆など手書きでやるという手段はあるのだろうとは思っていて、『源氏物語』も原文が筆で書かれているものを見るとよくわからないじゃないですか。絵巻だと、人が死ぬときには本文を書いている文字も崩れる。活字に起こすときに、たくさんのものがこぼれ落ちているんです。『雨月物語』を訳したときも同様で、江戸時代の版を見ても全然読めないと思ったところからスタートしました。

森山　なるほど。キーボードはアルファベット入力ですよね。日本語古語であってもアルファベットを経由する。それは不思議。

円城　普段僕たちが日本語をタイプするときには、一度外国語に行って戻ってくることが起こっている。

――毬矢さんと森山さんによるウェイリー版の翻訳、そして円城さんによる「梅枝」の翻訳、お互いの訳に対して何かご感想はありますか。

毬矢　円城さん訳のカタカナ遣いや「ですます調」が私たちの世界観に似ている、と共感し喜んでいました。

円城　そうですね。でも僕のは一部分の翻訳ながら、読んでもらうとお二人の翻訳とは全然違うことがわかると思うんです。少し漢文調なんですよね。ちょっと違うなと思いながらも、谷崎訳もよくわからないしいいかというくらいのノリで訳しました。

森山　たしかに一見似ているけれども違いますね。円城さんは短篇作品としてひとつの世界を創られている。私たちは五四帖ある『源氏物語』の世界全体なので、短い引用では伝わりにくいと思いますが、カタカナ遣いの意味合いも実はまったく違う。

毬矢　漢文調といえば、紫式部は漢籍に通じていたんですよね。かなで書いているけれど、学者並みに漢詩も理解していた。

円城　切り替えられる人なんですよね。例えば『紫式部日記』はあまり面白くない。いままでいう同人誌として書いた『源氏物語』のほうが面白い。紫式部は大量に同人誌を書いてしまって、引き出しに入れておいたらファンに持っていかれて怒っている人です。

森山　きっとそういう感覚ですね。宮中で大人気になって回し読みをしているうちに、紫式部の原文は失われてしまった。でも一〇〇〇年の間にいろいろな人が書き写して現代にまで伝わって、いまや世界の言語に翻訳されている。

円城　お二人の翻訳との違いの話に戻ると、僕の訳では漢文調でカタカナを使っていますが、いわゆるかなの文学は全然拾えていないように思います。当時は必ずしも拾う必要はないかもしれないと思っていたのですが、お二人のお話を聞くとかなの流れがウェイリーの英文学のなかで解釈されて返ってきているから、やっぱり拾っておくべきだったという気持ちになっています。お二人の翻訳はちょっと変な言い方ですが、かなっぽいんですよね。

森山　円城さんにそれが伝わったのでしたら、嬉しいです。それは意識していましたから。なるべく大和言葉を使うように、かな文字の世界ですね。

毬矢　『源氏物語』は女房が語る「物語り」ですよね。ですから語りの雰囲気が感じられる

毬矢まりえ・森山恵姉妹によるウェイリー版『源氏物語』訳

いつの時代のことでしたか、あるエンペラーの宮廷での物語でございます。ワードローブのレディ《更衣》、ベッドチェンバーのレディ《女御》など、後宮にはそれはそれは数多くの女性が仕えておりました。そのなかに一人、エンペラーのご寵愛《ちょうあい》を一身に集める女性がいました。その人は侍女の中では低い身分でしたので、成り上がり女とさげすまれ、妬まれます。あんな女に夢をつぶされるとは。わたしこそと大貴婦《グレート》人《レディ》たちの誰もが心を燃やしていたのです。

（毬矢まりえ＋森山恵姉妹訳『源氏物語 A・ウェイリー版 1』左右社、九頁）

ようにしたかったんです。

異国としての日本を想像すること

円城　「プリンス」「プリンセス」「エンペラー」といった翻訳も、音で入ってきますよね。

森山　そうですね。「エンペラー」については、この訳語に辿り着くまで二人でずいぶん話し合いました。長いこと「皇帝」と訳していたんです。でも何か違う。「ミカド」「帝」など候補がありましたが、最終的に「エンペラー」と決めて、すべて書き換えました。

――「天皇」にするという選択肢はありませんでしたか?

森山　それはなかったんです。「天皇」と訳したら日本に限定された物語に戻って来てしまいますから。いまある源氏物語の固定観念を揺さぶりたい、「世界文学」としての新しい源氏を創造したい、それが何よりの願いでした。

円城　そもそも、そう書いていないんですよね。もし注釈があって「ジャパニーズ・エンペラー＝天皇」という風に書いてあればちょっと考えますけど、ないので。英語で読む人の頭に「天皇」はまったく浮かばない。

毬矢　おっしゃるとおりなんです。最終的に「エンペラー」を選んだのは、ナポレオンもシーザーも、清王朝のラストエンペラー溥儀も含まれてくる。歴史的にもイメージが重層的になると思ったからです。いわゆる日本の古典に戻したくなかった。

円城　皇帝と淑女、王子と王女などとなっていくので、ウェイリー版を読んで絵巻を描いたとしたら、確実に別物になる（笑）。特に「梅枝」の香の調合のくだりは、石造りのお城のなかで魔法使いの皇帝がフラスコを振って錬金術の実験をしているイメージが浮かびます。

毬矢　円城さんの「梅枝」の描写がとっても独創的で。南ヨーロッパのようでもあり、当時のイギリス人が思い描くであろうオリエントでもありますよね。

円城塔氏によるウェイリー版『源氏物語』訳

新しい宮殿でもニジョーインでも、乳鉢と乳棒がぶつかる音が部屋という部屋からひっきりなしに響き続けて、そんな騒ぎは絶えてなかったことでした。一方ゲンジは、とてもかたく秘されたために後代へは伝わらなかったと思われていたニンミョー帝の秘密の処方二通りを手を尽くして探し出し、自分の部屋に閉じこもると、精妙な実験に完全に没頭したのです。

(円城塔『文字渦』新潮文庫、一一一頁)

森山　ウェイリーはどういう情景を思い描いていたのか。それがくっきり見えてくるまで、私たちもくり返し英語を読み込みました。ここは円城さんがイメージした世界が見えて、とても楽しかったです。

円城　ウェイリーは日本に来たことがないんですよね。文字情報しかない状態で頭に浮かんでくる情景で訳している。つまり、妄想度が高い。

毬矢　そうですね。それと同時に大英博物館の絵なども研究して、ある程度の知識もあったようです。ただ何度招かれても来日しなかった。古典の世界に住んでいて、現実の日本にはあまり興味がなかったんでしょうね。

森山　もうひとつ、拙訳のルビの話をしてよろしいでしょうか。私たちはカタカナ、ひらがな、漢字、そして古語など、さまざま工夫してルビを振りました。「らせん」という言葉を先ほど使いましたが、ルビによって言葉の重層性が一瞬にして可視化できる、時間や文化の重層性が見えてくる。ルビは日本語の宝ですよね。

円城　カタカナの単語にもルビが漢字で振ってあるのは面白かったです。普通はルビのほうにカタカナを使いますよね。

森山　なのに私たちは、カタカナ語に古語のルビ。現代詩のようにルビを二、三行にする訳文も夢想しました。でもさすがにそれは……（笑）

毬矢　……、と思ったら、円城さんの『文字渦』には、ルビが幾重にも連なっている短篇がありました。私たちが諦めた形が実現していたんです。

――一方で和歌については、毬矢さん・森山さんの訳では古語のまま載せていますね。ウェイリーの英訳では和歌を会話文として表した箇所も多くあります。

森山　初めから和歌は必ず入れたいと考えていました。その箇所が和歌、つまり詩であることを読者に知ってほしい、源氏物語は詩的形式だということを示したい、そう思っていました。でも和歌表記をどうしたらいいか迷って。そうしたらある日、詩人で源氏研究者の藤井貞和さんに、バッタリ会ったんです。もう奇跡でした。それで「源氏物語のこと、和歌のことを教えてください」とお願いしたのです。藤井先生の表記で和歌を訳文中に入れられたのは、本当に幸せでした。

毬矢　私たちはこの前、『群像』の連載「レディ・ムラサキのティーパーティー」のために、ラフカディオ・ハーンの「虫の音楽家」を読んでいたんですが、そのなかにも和歌がたくさん引用されています。ハーンの和歌翻訳も興味深いです。

円城　詩は難しいですね。英語から日本語はもちろん、日本語から英語に訳すときも難しいでしょう。

――和歌には「けり」「たり」といった詠嘆の助動詞があります。そのように古典の助動詞には多様性がありましたが、現代ではそれが失われてしまっているように思います。何か翻訳で心がけたことはあるでしょうか。

森山　私たちは和歌や俳句の英訳もしますが、たしかに難しいですね。藤井貞和さんも嘆いておられます。過去の助動詞ひとつをとっても、昔は「き」「けり」「つ」「ぬ」などニュアンスを使い分けていたのに、現代語は「た」ひとつになってしまっている。

毬矢　そこをウェイリーは「may have」「must have」「shall」などを使って、繊細に訳し分けています。私たちもそのニュアンスを生かすように心がけました。

いま『源氏物語』を読むべき理由

――最後に改めてウェイリー版『源氏物語』の魅力、そしてそれに限らず『源氏物語』という作品をいまの時代に読む意義について教えてください。

円城　まず何よりも、お二人が訳したウェイリー版の『源氏物語』は面白い。

毬矢・森山　ありがとうございます。

円城　『源氏物語』は読むのが大変だと思っている人は多いでしょう。原文でも他の訳でも何が起こっているかを把握するのが難しい。それだとまず気力が続かないですから、面白く読めるというのはとても大事だと思います。

毬矢・森山　そうですね、嬉しいです。

円城　正宗白鳥はウェイリー版『源氏物語』は素晴らしく、いままでわからなかったこともわかったということを書きました。そこで与謝野晶子が怒って反論するエッセイを書く。日本語を機能として使っている古典なのだから、日本語で読まないと駄目なのだと主張するわけです。与謝野晶子は三回も訳しているので、すごく思い入れがあるんですよね。

森山　与謝野晶子訳は勢いがあって、スピード感と熱に打たれます。源氏物語が身体に染みこんだ人の現代語訳ですよね。二度目の「現代語訳」は注釈書のようなものだったようですが、関東大震災で焼失してしまった。でも挫けずに『新新訳源氏物語』を成し遂げる。

円城　与謝野晶子は正宗白鳥に文句をつけましたが、穏当に言うならば、要はウェイリー版を楽しむのもいいけれど、日本語にも戻ってきたらもっと楽しいはずだということです。

毬矢　そうですね。私たちもウェイリー版を読んだときに、あまりの面白さに感動しました。その思いを伝えたかったんです。ウェイリー訳を読むと、いつも発見があります。

森山　たとえば末摘花は不美人とされますが、背が高くて雪のように肌が白くて、寒さで鼻の先が赤くなったという描写を読むと、ふと、これは現代の感覚では「美しい」のでは、と。

円城　つまり、西洋人ですよね。

森山　そう、当時は中国東北部周辺に渤海国《ぼっかい》がありましたが、末摘花には渤海国の血が入っていたのでは、などと想像が広がりました。古文で源氏を読んでいたときには、まったく気づかなかったことです。言語を移動して視点をずらすと、世界ががらりと変わって見える。

毬矢　『源氏物語』を改めて英語で精読して思ったのは、現代の私たちと変わらないということでした。現代社会は情報のスピードは速いし、あらゆるものがデジタル化されている。けれど『源氏物語』に描かれる、人を愛する喜び、喪う悲しみ、生と死、老いの苦しみなどは変わらない。一〇〇〇年前と同じなんです。『源氏物語』にはそれがすべて描き込まれていますよね。

森山　それから『源氏物語』は女性の物語だと思うんです。『源氏物語』の「主役」は光源氏のようでいて、光源氏の「光」が照らし出すのは主に女性ではないでしょうか。女たちが曼荼羅《まんだら》のように描かれ、源氏との関わりにおいて喜びを知ったり喪失感を味わったり、「あはれ」を感じたりする。読者は、登場人物の誰かしらに共感して喜んだり憤ったり、葛藤を分かち合ったり、深い内的体験ができると思います。円城さんはいかがですか？

円城　『源氏物語』は僕にとって大きな謎です。なぜ、一〇〇〇年前に突然、こんな普遍的な物語を書くことができたのか。これほどの分量の先行作品がないなかで、なぜか驚くべき長さの夢小説を完成させた。現代の作家であっても、この分量を書くことは難しいでしょう。しかもある程度順番に書いていったと言われていますが、年代によって崩れていくようなこともなく、全体を通してきちんとした構成力でまとめられている。なぜこんな作品が書かれてしまったのかという不思議が先に立ちます。

毬矢　ほんとうに、不思議ですね。

円城　さらには、世界中の言語に翻訳できる作品である。日本独自の文脈で日本語が複雑に絡み合っていて、翻訳することが難しい作品は多くあります。いま、海外の書店で日本文学の棚を見てみると、目立っているのは紫式部か村上春樹でしょう。その間にはせいぜい谷崎、川端、三島があるくらいでしょうか。『源氏物語』は江戸時代になるまで何百年もほぼ忘れられたままで、いまよみがえって世界中の言語において増殖している。この『源氏物語』という謎を何度も読み直していくしかないですね。

森山　なんど読んでも感動します。

毬矢　近年、世界の文学が英語だけでない言語への翻訳によって、より重層的になっていますね。この潮流のなかで、『源氏物語』はこれからも、世界中で読み継がれていくと思います。

円城　むしろ、そうした翻訳の経験をすでにしているのが『源氏物語』だった。多言語に翻訳されたり、英語版がさらに日本語に訳し返されたり。

森山　そういう意味では、「世界文学」を先取りしている作品ですね。紫式部が書いた原本はもう失われているわけですが、これだけ多くの人が愛して、研究したり、翻訳したり、読んできた。拙訳『源氏物語　A・ウェイリー版』で源氏物語に出逢ってくれる人がいたら、なにより嬉しいです。そして先ほど円城さんも私たちの源氏は面白い、と言ってくださったように、「現代小説」として楽しめるんです。ウェイリー源氏は文学として傑作で、「世界文学」のひとつとして、発見と喜びに満ちていると思います。

コラム③

源氏物語変奏曲

全　卓樹

全 卓樹（ぜん・たくじゅ）
1958年、京都府生まれ。高知工科大学理論物理学教授。東京大学理学部物理学科卒業、東京大学大学院理学系研究科物理学専攻博士課程修了。量子力学、数理物理学、社会物理学を専門とする一方で、詩情ある科学エッセイの名手としても知られる。著書に『エキゾティックな量子』、『銀河の片隅で科学夜話』、『渡り鳥たちが語る科学夜話』などがある。

本郷　昭和末

いつのことだったか学生の頃、仲良しのともだちに付き添って「源氏物語解題」という文学部の授業に、もぐりで出たことがある。「空蟬《うつせみ》」の帖が講じられるのを聴きながら、不思議な思いにとらわれた。追えば逃げ、止まると振り向く主人公たちの心理や行動が、直前に読んだフランス小説「クレーヴのプランセス」と全くそっくりだったのである。こちらは単位を揃えるための第三外国語の課題であった。加えてさらに奇妙なデジャヴュ感を覚えたが、すぐには何か思い出せなかった。

記憶が辿れたのは、昼食を摂るともだちの美しい横顔を眺めていた時である。それは高校時代、古文で「源氏物語」を教わりながら、同時期に読んだオルダス・ハクスリーの小説「恋愛対位法」に覚えたそっくり感である。こちらは主人公というより小説全体の仕立ての類似である。有閑階級の若者たちの社交界での席次争いゲーム、それに絡んだ美しく残酷で、滑稽で切ない恋愛模様。それを眺める知性が勝った観察者の、寛容ながら冷徹な視線。中心主題も物語のクライマックスも曖昧で、並列し錯綜し流れて行く複数のプロット。「恋愛対位法」は「源氏物語」のパロディなのだろうか。

その話をともだちに持ち出すと、

——暇のある紳士淑女の心理劇ってこと以外、全然似てないじゃない。

と一蹴された。納得ができずそれから丸二日、自分の勉強はうっちゃって図書館に篭った。「源氏物語」が欧州に拡まったのは、東洋学者アーサー・ウェイリーの翻訳が1925年にロンドンで出版されてからである。ウェイリーの流麗な筆を通じて英語で語られた「源氏物語」は、あっという間に欧州読書界を席巻した。ハクスリーの小説が出たのは1928年である。ハクスリーとウェイリーは同じ文芸サークル、ブルームズベリー・グループにいて、お互いによく知っていた。さらに調べると、ある大学の紀要論文が出てきた。そこにはウェイリー訳源氏物語の出版直後、すぐに激奨の新聞書評を書いたのが、他ならぬハクスリーその人だという事実が記されていた。

映画を一緒に観た後の夕食時、ともだちに調査の結果を報告した。

——直接とか意識的というわけじゃないだろうけど、小説構想の過程で割と影響あったんじゃない。それまでの欧州の小説って、プロットの山があって筋道立った展開なのが普通でしょ。ハクスリーのは色々と西洋小説の約束事破ってるよね。気の利いたパロディは知性派ハクスリーにいかにもピッタリだし。

苛立ちを隠さぬまま、彼女が言った。

――ずっと気難しい顔して、そんなこと考えてたの？　映画の間中つまらなそうにしてて。

私は話を続けた。

――「源氏物語」って、この手の恋愛物語の網羅的な百科事典だから、その後に出てきた小説が、どれも源氏のどれかの帖に似てるの、別に不思議じゃない。でも思想や哲学の流れって、細い道を縫って流れるようで、結構微妙でおもしろい。

そして私は、紀要論文に載っていた、「源氏物語」のもう一人の訳者エドワード・サイデンステッカーにまつわる話を始めた。

――彼がどこかの学生だった時、親友にアメリカに移住したハクスリーの甥がいたんだって。何かの折に彼の叔父の評論集を読むべしと紹介されて、その中に出てきた「ムラサキ」がわからなくて聞いたと。そしたら「源氏物語」も知らないのかと呆れられて、仕方なく読んでハマったのが、彼の経歴のはじまりなんだって。

欠伸《あくび》を抑えながら、彼女が発したのは気のない一言だけだった。

――へえ、おもしろいわね。

意に介さず私は続けた。

――そんな風に思えば、フランスの近代小説って、直接の影響あるなしはともかく、「源氏物語」の長い長い変奏曲みたいとも言えるじゃない。「感情教育」のアルヌー夫人や「狭き門」のアリサって、「源氏物語」の朝顔そのものでしょ。だいたい「失われた時を求めて」って「源氏物語」のフランス版みたいなもんだし。

――あれ、この間抱えて歩いてたプルースト、もう全部読んだの?

――あ、縮刷版に目を通しといた。

軽侮を帯びた憂鬱そうな目で、遠くを見て彼女は言った。

――なんかすっかり源氏ヲタクになっちゃったのね。あんな講義に連れてきて失敗だったかな。

遠からず彼女とは疎遠になった。仲良しのともだちと思っていたのは、どうやら私の方だけだったようだ。その後何度か見かけた彼女は、いつも背の高いダンディな男といっしょだった。彼女がたまに話題にした帰国子女の経済学部生で、湘南の高校でテニス部のキャプテンだったと聞いた。自分の高校時代の、くだんのハクスリー「恋愛対位法」を手にした苦い事情まで思い返された。憧れていた上級生の女子を、中にみつけて入店した駅前の「東西書店」で、所在なくて咄嗟に買い求めたものだったのだ。

こうして自分が「反光源氏」だと自覚されて、もう文学部をうろつく理由も無くなった。当面理学部の図書館に戻って、ディラックの量子力学の教科書に専念することにした。そろそろ大学院入試の準備を始める時分だったのである。

土佐山田　令和5年

先日の昼下がり、大学図書館の居室で、ディスプレイに向かい論文改訂催促メールの返事を書いていたところ、突然に司書が大部の本の束を抱えてきた。アール・ヌーヴォーの装丁も華やかな「ウェイリー版・源氏物語」。毬矢まりえ、森山恵姉妹の新しい和訳4巻本である。ここがいくら「工科大学」でも、学生たちは一度くらい、源氏物語に目を通した方が良いのではないかと、納入を検討して取り寄せたサンプル本なのだ。

クリムトの描いた表紙の女性の顔を眺めていて、ぼんやりと何かの記憶が蘇ってきた。そしてウェイリーとハクスリーのことを書いた紀要を検索してみた。ネット以前の文献とて、それはもちろん出てこなかった。代わりに同じ大学紀要の10年程前の号に、源氏物語に絡んだウェイリーの私生活についての論説が載っていた。筆者はその大学の国文科の准教授のようだ。アルプスへのスキー旅行の道すがら、偶然持ち込んだ源氏物語の写本に読み耽り、ドーバー海峡を渡ってカレーについた時も、パリで電車駅を乗り換える時も、目を上げず周りに注意を払わなかったウェイリーの奇人ぶり。生涯にわたる二人の女性との謎めいた関係。論説の末尾には謝辞があって、パリのフランス国立図書館での「生涯忘れがたい滞在を可能にしてくれた」東洋部の研究員の名前が挙げられていた。

思わせぶりな謝辞に何か事情があるのかと検索をすると、必然的にウェイリー論説の筆者、女性准教授本人のSNSに行き当たった。何かに憑かれた山のような書き込みから、その後パリの東洋部の研究員と結婚したこと、来日した彼が日本の国立研究機関に職を得たこと、途端に彼女を捨て若い女性と一緒になったこと、といった事情が読み取れた。「フランス偽光源氏」への呪詛に溢れた憂鬱なWebページを閉じて、ネットで個人の内面が噴出するこんな時代、きっと「源氏物語」は新しい読者を得るのではないか、などと考えた。時計を見るともう帰宅時間であった。

ウェイリー源氏の新訳本を司書に返して、図書館を出て並木道を駐車場に向かった。茜色に染まった夕景色のもと、霜月の寒風に煽られて、しきりに黄葉を落とす銀杏並木の木陰ところどころ、学生カップルたちがひっそりと語らっている。ほとんど満ちた月が東の山に顔を出し、月の白、東側の藍、西側の朱に色分けされた夕空が、擬古典様式の列柱のキャンパスに童話めいた趣を与えていた。寒い季節の巣ごもり前の短いひととき、若者たちも恋の成就をいそぐのだろうか。青春は実に麗しい、などという語句を、口恥ずかしく声に出さず呟いてみる。時ならぬタイムスリップで、自分の貧寒な学生時代を思い起こしてしばし感傷に浸っていると、ものすごい勢いで道を横切ってきた学生のバイクに、あやうくぶつかるところであった。

風の便りに、大学時代のともだちが夫君と死別して、多摩湖畔に引っ込んで寂しく暮らしていると伝わってきた。どうせ彼女のことだから、親族なり夫の下僚なりの若い男の世話でも受けて、不自由なく過ごしているに違いない、そんな風に想像されるのだった。

著者注：本稿における源氏研究に関する歴史的事実はすべて記録通りである。

PART 4

こんな視点でも読み解ける！

第7章

イギリス文学から考える『源氏物語』

――ケア、ピクチャレスク、無意識、コモン・ガール

小川公代

聞き手・構成＝渡辺祐真

撮影：嶋田礼奈

小川公代（おがわ・きみよ）

1972年、和歌山県生まれ。上智大学外国語学部教授。ケンブリッジ大学政治社会学部卒業。グラスゴー大学博士課程修了（Ph.D.）。専門はロマン主義文学、および医学史。著書に『世界文学をケアで読み解く』、『ケアする惑星』、『ケアの倫理とエンパワメント』など、訳書にシャーロット・ジョーンズ『エアスイミング』などがある。

『あさきゆめみし』とアーサー・ウェイリー版との違い

――普段は、ご専門である英文学やケアについて論じられることが多い小川先生ですが、『源氏物語』（以降、『源氏』と表記）についても何度も読んでいると伺いました。まずは小川先生と『源氏』との出会いから教えてください。

『源氏』に初めて触れたのは、小学生の頃に手にした大和和紀さんの漫画『あさきゆめみし』でした。当時、漫画が大好きで、「なかよし」と「りぼん」を姉と毎月発売日に近所の本屋に買いに行っていたくらいです。

まだ幼かったため、「平安時代は複数の愛人を持つことが許されて、ドロドロした大変な社会だなあ」と素朴に読んでいました。六条御息所や弘徽殿女御といったキャラクターたちの印象も強烈で、時代物やキャラクター物として楽しんでいましたね。

――原文やその翻訳に触れられたのはいつ頃でしょうか？

高校時代に一年間イギリスに留学したのですが、そこで日本の文学について数々の質問を受けました。最古の日本文学は何か、三島や川端についてどう思うかなど、内容は多岐にわたり、満足のいくようには答えられませんでした。そのことがすごく悔しかったので、帰国後はとにかく日本文学を読み漁りました。イギリスの大学に留学しようと思っていたので、それまでには日本文学の質問にならなんだって答えられるという状態にしておきたかった。

その中で『源氏』の原文や現代語訳にも触れたんです。『あさきゆめみし』で親しんでいた世界が広がってはいましたが、同時に印象が変わったことも多かった。というのも、漫画の場合は作者の解釈や思いがすでに入っていて、それに応じた強いキャラクタライゼーション（脚色）やビジュアル化がなされているわけですが、『源氏』の原文や邦訳、あるいは戻し訳（外国語に訳されたものを日本語に戻したもの）はそうした極端な設定や明言を避け、発言の真意やニュアンス、人物造形が曖昧なままにされているものが少なくないからです。

英文学研究者として今回お話ししたいバージョンは、やはりアーサー・ウェイリーの『源氏』の英訳版を毬矢まりえさん、森山恵さん姉妹が戻し訳をされたものです。

漫画版と原文の差がはっきり出るのが六条御息所です。『あさきゆめみし』では、もののけとなって夕顔や葵を殺す悪役という印象でしたが（もちろん六条御息所なりの苦しみも描かれてはいましたが）、原文を読むと、彼女も深い傷を持っていることがよりはっきり分かりました。

中でも車争いの場面。光源氏の正式な妻である葵一行と、光源氏の愛人である六条御息所の一行が小競り合いになり、愛人である六条たちは辱めを受けます。

原文やウェイリー版の原文には、こうした六条の傷が深く描かれています。

一方、悪霊は凄まじい勢いを盛り返し、またもアオイをひどく苦しめます。レディ・ロクジョウの生き霊の祟《たた》りだ、という噂は、ロクジョウ本人の耳にも達します。また亡き父君の霊《ゴースト》が、彼女に代わって復讐をしている、との噂も聞きました。ロクジョウはアオイへの気持ちを胸に問いますが、そこにあるのは、深い悲しみだけ。彼女への憎しみはもう、いっさいないのです。とはいってもあんなにも苦悩に焼きつくされた魂のどこか奥底に、憎しみの炎が潜んでいないとも限りません。

ゲンジを愛し、苦しみ抜いた歳月、地上にこれ以上の苦しみはない、と思ってきました。あれほど傷つけられ、心が打ち砕かれたことはありません。すべては、あの忌まわしい車争いから——。辱められ、存在を否定されたのです。そうです、浄めの儀式以来、ロクジョウの心は荒れ狂い、引き裂かれ、打ちのめされ、ときに自分の思いさえ御しがたくなるのでした。

（第一巻、四〇一〜四〇二頁。以下、ウルフの書評の文章を含め、引用はすべて毬矢まりえ＋森山恵姉妹訳『源氏物語 A・ウェイリー版』左右社より）

この言葉を誰が喋っているのか、はっきりとは分かりません。語り手なのか、六条なのか。この箇所を改めて読むと、フロイト的で面白いと感じました。

六条御息所とフロイト

——フロイトといえば、主に二〇世紀前半に活躍した精神科医ですね。小川先生のご関心の中心にある人物でもあります。いったい六条御息所のどういった点に、フロイトらしさを見出されたのでしょうか？

まずこの言葉をフロイト的に解釈すれば、語り手が六条の無意識にある心の傷を代弁しているんじゃないかと思うんです。傷つけられ、プライドを打ち砕かれ、それでも必死に耐えてきた六条の無意識に溜まった心の傷です。無意識の傷はやがて、もののけや生き霊と呼ばれる怨念となって、葵や夕顔を殺します。そのことによって、六条はある種のカタルシスというか、無意識のレベルで彼女なりの報復を遂行したのではないかと考えられます。

まさにこうした無意識の問題と解消に向き合っていたのが二〇世紀前半のヨーロッパ、そしてフロイトだったんです。彼は無意識下にある傷をどう癒すかについて研究しました。

——誰の声か判然としない語りを、無意識の説明と捉えるのは面白いですね。無意識というのは、フロイトや当時のヨーロッパでどのように受け止められていたのでしょうか?

フロイトの理論を積極的に受容したり、紹介したりした人々の中に、ブルームズベリー・グループという文学者集団がいます。

そのメンバーであるヴァージニア・ウルフと夫レナードによって一九一七年に設立された出版社ホガース・プレスは、数多くのフロイトの著作を出版していましたし(ウルフはフロイトの理論に対して慎重に距離を保っていたようですが)、『源氏』を英訳したウェイリーは彼らとも親しかったので、フロイトのことは知っていたはずです。そういうことを考えると、ウェイリーも六条の祟りというものを、心の傷の治療として捉えていたのではないでしょうか。

——無意識というものは、文学の面ではどのような影響があるでしょうか？

文学での一つの到達点が、今も名前を挙げたヴァージニア・ウルフです。ウェイリーによる英訳『源氏』を読んで書評も書いています。

彼女が小説を書く際にこだわった技法は「意識の流れ」と呼ばれる、人物の心の中に入り込んで、心の動くままに描写するというものですが、先ほど引いた記述はまさに意識の流れも彷彿とさせますね。六条の無意識に入り込んでいったかと思うと、次の瞬間にはふっと浮遊して外側から語る。

そこから、六条が苦しんでいる様子を何行も描写し続けています。これを省かずに丁寧に訳したのがウェイリーの個性な気がします。

光源氏をとりまく「コモン・ガール」たち

——六条御息所は、「夕顔」帖にも登場します。そちらでの六条はどうでしょうか？

「夕顔」では、源氏は身分が決して高くない女性である夕顔と駆け落ちをして、都の外れにある河原院で夜を過ごします。そのとき、次のようにして六条が取り憑くのです。

夜が更けるにつれ、二人はまたとろとろと眠りに落ちます。と突然、ゲンジは背の高い厳《いかめ》しい女が、自分を見下ろしているのに気がつきました。
「あなたのようにご自分のことを特別だと思っていらっしゃる方が、なぜこんな卑しい《コモン》・女《ガール》を裏道で拾ってきて、もてあそんでいるのでしょう。呆れたものですわね」
（第一巻、一五八頁）

ここには六条のプライドがよく表れていますよね。六条は誰もが認める教養人で、歌も書ける、家柄もいい。現代で言えば、フェイスブックの最高執行責任者を務めたシェリル・サンドバーグのようなエリート女性です。

一方の夕顔は、六条に比べれば決して身分が高くありません。毬矢・森山訳では「卑しい女」に「コモン・ガール」とルビがふられています。コモン・ガールとは、英文学の文脈では、一部のエリートではなく、文学作品に親しむ一般的な人々のことを指す言葉です。つまり、階級差が描かれている。ウェイリーも意図してこのような訳語を与えたのではないでしょうか。

――コモン・ガールという言葉は、ウェイリーの時代にも特別なニュアンスを持っていたのでしょうか。

はい、ウェイリーの周りにいた作家、特にウルフにとってコモンという言葉は特別でした。ウルフ自身は教養人で、上流階級、父親は有名な知識人のレズリー・スティーヴンですが、彼女は教養のない女子にどうやって知識をつければいいか、どうやってコモン・ガール、あるいは「一般読者」という意味のコモン・リーダーを教育していくべきかについて骨を折り、そのためにエッセイや小説を書きました。

――ウェイリーはウルフとも近しい仲でしたし、階級については自覚的だったでしょうから、コモン・ガールという言葉は身分差や階級差を強く意識した訳語の選択でしょうね。

そうですね、正に階級差です。イギリス文学には階級について描かれることが多いですよね。例えば、オスカー・ワイルド『真面目が肝心』では、出自がわからなかった主人公が、最終的には上流階級の子息だったことが発覚してハッピーエンドになりますし、ウルフの『オーランドー』の主人公も貴族の息子として生まれたという階級が重要になるでしょう。しかもその際に彼らが苦心するのは、資産を次の代にどうやって受け継いでいくかです。しかもそれは財産だけではなく、知的財産も含みます。

でも、そうしたものが受け継がれない女性はどうすべきか。これは夕顔にとっても、ウルフにとっても切実な問題でした。

——なるほど。コモンの場合は、知的財産の相続すなわち教育を満足に受けられないかもしれない、ということですね。

だからウルフにとってコモンは両義的なんです。教育を受けた女性は優れているし、理性もあり知的で、自立する力をもっている。一方、出自のはっきりとしない、教育を満足に受けられていないコモン・ガールは弱い。ウルフの『自分ひとりの部屋』に登場する、シェイクスピアの妹ジュディス（架空の人物です）は、自分の力で生きていこうと家出をしてロンドンまで行くけれど、結局男に騙されて、妊娠して自殺してしまう。コモン・ガールは弱く、騙されやすいんです。そういう点では、六条が言っていることは正しい。

夕顔や、他にも呪われて死んでしまう女性たちの多くは貧困層だったり、出自がわからなかったりします。つまり、後ろ盾もなく、もしかするとまともな食事もできなかったコモン・ガールだったから、最終的に若くして死んでしまったのかもしれない。実際、こうしたもののけによる死はただの栄養失調だったのではないかという考え方もできる。だから、生き霊やオカルトなどを信じなければ、彼女たちが早逝するのは女性たちが抱える貧困や精神的苦痛といった現実の悲劇です。

実際、コモン・ガールと呼ばれる女性たちは、男性に運命を委ねて、ほとんど神経衰弱で亡くなってしまいます。最たる例は桐壺です。桐壺はひたすらいじめられて、心をすり減らし、食事も喉を通らない。そんな状態で、わずか三歳の息子である源氏を残して他界します。

後ろ盾がしっかりしていない女性や出自不明の女性たちの早逝を、生き霊というよりも、そうしたコモン・ガールの問題として捉えてみたいんです。この時代にコモン・ガールたちが辿らされた運命というのは、出自から由来する生きづらさであり、それによってやがて不幸な死を迎える、ということですね。

――なるほど。確かに階級差と、それによって受けられる恩恵の差ですね。六条は自分が恵まれた立場だからこそ、コモンに対しての恨みがより一層強烈になると。

はい。六条は憐みの対象として描かれているなと思いながらも、彼女自身はすべて恵まれている。そこにも両義性があります。彼女は階級の低い側の女たちを、コモン・ガールといってある種見下すわけですよね。

ケアする光源氏――身分の低い女性にこそ燃える

階級や身分の話をしましたが、『源氏』における階級には、とても興味深いことが一つあります。源氏は身分の低い女性にこそ燃えるんですね。葵には全く興味を持たないのに、むしろ空蟬や夕顔といった女性に大きな愛情を注ぎます。

——確かにそうですね。先ほどのお話でも、身分の高い六条にはほどほどの愛情でした。典型的なのは末摘花です。彼女も後ろ盾がなく、経済的には困窮していましたが、右近という女房がなんとか取り繋いで、光源氏にお金を出させます。ここには女性の連帯、シスターフッドがあるといってもいいと思います。

なぜ光源氏はそんな末摘花の元に通い続けるのか。ここには源氏のケアがあるように思えるんです。それが次の箇所です。

姫君の欠点があれほど強烈でなければ、気の滅入るまま通い続けることはなかったでしょう。けれども、悲劇的なまでの野暮ったさを目撃してしまったいまとなっては気の毒でたまらず、それからは途切れなく手紙を送り、優しく尽くすのでした。

（第一巻、三〇一頁）

六条のような美しさも教養も家柄も兼ね備えているような人物に夢中になったというなら理解できます。しかし、欠点が強烈だったからこそ通ったというんですね。その上、時代遅れのマントを処分させるために、シルクやサテンの生地を贈るなど、源氏は徹底的に心を尽くします。

末摘花や夕顔といった弱い女性たちが生活に困らないよう、物心ともにケアをする。源氏はコモン・ガールを放ってはおけないんですね。

――光源氏は、女性の欠点が強烈だから面倒を見る。確かにそうですね。そのことにおけるケアらしさはどんなところでしょうか？

「ケアの倫理」を唱えた倫理学者のキャロル・ギリガンは、「責任」という言葉を使います。普通なら、この人がかわいいからとか愛くるしいからといった理由で、その人をケアしたいと考えますよね。赤ん坊がまさにそうです。でも不美人で、ほうっておいたら朽ち果ててしまうんじゃないかという人に対しては、誰しもが自発的にケアをしようとは思いません。しかし、光源氏は自発的にそういう人に対してケアの心を発揮する、自ら責任感をもって面倒を見る。それがケアの倫理らしいと感じます。この点について、娘が重度の障害者で、自身もケアラーだった、エヴァ・フェダー・キテイという哲学者は、ケアの倫理というのは「責任の物語」だと言っています。

もちろん源氏は欠点もあるとは思いますが、ギリガンが言いたかったことを実践している男性が一千年も前の物語にいた、ということにとても驚きますね。

――一見すると調和を持たない女性に対して、美しくない、自分には関係ないと思う人もいるでしょうけど、それはケアじゃない。この人はほうっておけない、助けないといけないというところに光源氏のケアがあるということですね。

はい。そこにキャロル・ギリガンの論点があるので。

――一般的な光源氏のイメージは好色な色男というイメージですけど、それが裏返ります。

美しい女性ばかりをたらしこんでいるというイメージがありますが、でも美しい女性にはすぐに飽きる。

相手によって贈り物の質を変えているのも興味深いです。例えば、明石の君と末摘花とでは、贈る着物が全く違う。それぞれの個性をみて選んでいるんですよね。みんなにきらびやかなドレスを贈っておこうという感じではない。美的感性で選んでいるわけです。時代遅れなものを着ている末摘花の服はいただけないから、これが最先端だからこれを着なよというのでどんどんドレスを贈る。

彼は、その人に本当に着てもらいたい。自分のエゴのために贈るわけじゃない。彼の贈与の仕方こそがケアなんです。

——自分よりも相手に軸があるという。

贈与は相手に押し付けたら、そのぶん向こうはこちらに返さないといけない義務が生じるので、ある種、悪い贈与と良い贈与があると思います。彼の贈与は良い贈与なんですよ、そこにケアがある。

「ピクチャレスク」な感性

——ただ綺麗だったり、身分が高かったりすることに、光源氏は惹きつけられない。面白いですね。

美についてては、ウルフの『源氏』書評に面白いことが書いてあります。

レディ・ムラサキはこうした時代に、過剰な表現を嫌い、ユーモアや良識を持ち、矛盾に情熱を燃やし、人間性へ好奇心を持ち、生い茂る草や侘しい風のなか朽ち果ててゆく古い館、荒寥たる景色、滝の音、砧《きぬた》をうつ木槌の音、ワイルド・グースの鳴く音、赤鼻のプリンセスなど、つまり不調和ゆえに美しさを増すものに愛情を抱き、それを表現する彼女の才能を遺憾なく発揮することができたのです。

（第四巻、六一二頁）

私が『あさきゆめみし』で捉えきれず、原文やウェイリー版を読むことで捉えられたのが、まさにこの点でした。

『あさきゆめみし』の登場人物たちはほとんどが美しく描かれています。しかも、時に髪型でしか区別できないほど、皆が似たような美しさを放っている。

ですが、均整がとれた『あさきゆめみし』のビジュアルは、ウルフにとっては美ではなかったはずです。赤鼻のプリンセスの不調和こそが美だと言っているくらいですからね。

――美しいものがそのまま美しいわけではない。むしろ不調和だから美しい。不思議な感性ですね。

この考えの根っこには、極めてイギリス的な美的趣味が隠されています。それがピクチャレスクです。

――ピクチャレスク？

ピクチャレスクは、「崇高」と「美」の中間にある概念です。「崇高」は切り立った岩崖のような畏怖の感情を刺激する「雄々しい」観念、一方で「美」は蛇行する川のような「女性的な」曲線美で、愛や優しさ、ケアといった感情をもたらします。ピクチャレスクは、岩と蛇行する川とがセットになっているような景色を指すんです。ウルフは、そうしたピクチャレスクな風景を末摘花の庭に見ていたのではないでしょうか。

紫式部はピクチャレスクという言葉を用いずに、末摘花がピクチャレスクであることを表現した人物なんですね。

ね。

――言われてみれば、『源氏』には、そうした荒廃と優雅とが同居している場面が多いですね。

この書評を書いた時点でウルフが『源氏』をどこまで読んでいたかは定かではありませんが、もし「須磨」まで読んでいたのであれば、間違いなくそこにもピクチャレスクを見出したはずですよね。

光源氏は、政敵の一族である朧月夜に手を出したことで追い詰められ、須磨へと流されます。そこで、都会とは異なる荒れた景色を見ながら、この世の無情を語る。惜しむ声もあったのだけど、誰も政府を批判する者はいない。ひとりになってしまう。いろんな人に心を尽くしてきたケアの人・源氏は、ここで、いままで尽くした相手は助けてきたかいもない人たちばかりだと、急にすべてむなしくなる。虚無ですね。

感傷の中で捉える風景が須磨であり、彼が描く海辺は、辺鄙な土地で何もないのだけどすばらしく美しいわけです。

また中国の上質なシルクに、簡単なインクスケッチをいくつも描き、屏風に貼ってみます。実に素晴らしい出来栄え。なにしろ目の前には、案内されて高台からはるか遠く見下ろして以来、幾度も夢に見たあの山々や海辺が広がっているのです。またとないチャンスです。ゲンジは美しい海辺の風景を次々と見事に描き、一連の風景画に仕立てました。見る者誰もが感嘆し、名人千枝《チエダ》や常則《ツネノリ》を呼び寄せ、このスケッチをもとに本式の彩色画をぜひ描かせたいものだと思うのでした。

（第一巻、五七八頁）

――荒廃した景色と感情、そして同時に美しい絶景がある。

これはちゃんと検証していませんが、ウルフ『灯台へ』は「須磨」の影響があるような気がしています。まさに『灯台へ』の海の場面はピクチャレスクですし、作中の若き画家・リリーの芸術性は源氏の絵心と通じる。書評を書いたのが一九二五年、『灯台へ』の発表が一九二七年なので、十分に可能性はあると思います。

ウェイリーが『源氏』に見出したヨーロッパ文学

――ここまでヨーロッパ文学の眼差しから『源氏』についてたくさんお話を聞かせていただいていますが、実際にアーサー・ウェイリーは、ヨーロッパ文学の文脈で『源氏』を訳していますよね。

特にワーズワースは自然の中や田舎で暮らす庶民感覚を描いた詩人で、ウェイリーは意識していたのではないかと思います。例えば、次のような箇所。

ところでこちらのわたしたちのレディは（と、ウコンは乳母に囁きます）、いまはこのようなつましいお召しもの。でも誓ってもいいわ、きっと誰にもひけをとらないでしょう。ゲンジさまがおっしゃるのをこれまで幾度か耳にしてきたのです。宮廷であれ、そのほかのどこであれ、自分は父エンペラーの時代から数々の美女を見てきたけれど、いまのエンペラーの母宮と、アカシで生まれた小さな姫君のお二人が、誰よりも優れているってね。頭のてっぺんからつま先まで一部の隙もなく完璧、そう言い切れる方はほかには誰ひとりいないって、ゲンジさまはこう仰せでした。

（第二巻、三七三〜三七四頁）

明石という素朴な田舎で育った一人娘の容貌を、光源氏がほめたたえる描写です。また、田舎で育つことの品格も『源氏』には書かれています。それが玉鬘です。彼女も田舎で育っています。だから、立ち居振る舞いに田舎っぽいガサツさや粗忽すぎるところがあっても何の不思議もなかったと。夕顔は最後までおとなしくて子供っぽいところがあったのだけど、娘の玉鬘はそういうところが一切なくて、内気だけども落ち着いていて品格さえ感じられると書いている。

田舎で育てられて品格を備えているというのは、まさにワーズワースの「ルーシー・ポエム」を思い出します。ルーシーとよばれている少女が森の中にひっそり暮らしているんですけど、そういう品格を持つ田舎の少女たちを歌い上げる。おそらくウェイリーはワーズワースを読んでいるので、彼の中では繫がっていたのではないかと思います。

――田舎で育てられる無垢性と、先ほどおっしゃられたコモンとは何か関係がありますか？

コモンの意味は二つあると思います。先ほどの六条のシーンでは、「卑しい」を「コモン」と訳していましたが、それが適切だなと思うのは、六条の立場から見下ろしているからなんです。

――侮蔑的に使っていますものね。

しかし、光源氏や右近の立場からだとコモンは素朴な品格がある。

――なるほど、捉える人の立場によってコモンの価値が正反対になる。そこに両義性があるんですね。

それはコモンをどう捉えるかというウルフのテーマとつながってきます。玉鬘も良い意味でのコモンです。腐敗した政治に身を浸してもいなければきらびやかな宮殿でかしずかれてもいないから、余計なものをかかえこんでおらず、世間ずれしていない。

――そこに明石の姫君と玉鬘の美点があり、良い意味でのコモンと。その感覚が二〇世紀前半のイギリスの作家たちにはすごくビビッドだったんですね。

そうだと思います。そういう意味で、ウェイリーがこれだけのものを英訳しようというプロジェクトに取り組んだ背景には、そもそもイギリスにはそういうセンチメンタルな、メランコリー的なものとか、ピクチャレスク、朽ち果てて美しいものとかと響き合う美意識があったということが重要だと思うんです。そうではないと、こんなに長いものを訳すのは大変です。

正義の論理とケアの論理――夕霧という存在

――先ほど、光源氏のケアについてお話しいただきましたが、『源氏』の中で印象的なケアが他にあれば教えてください。

光源氏の息子である夕霧とその妻である雲居の子育ては、今の時代にもつながるような現代的なテーマを多くはらんでいます。

子どもの一人が泣いていたのです。つんざくような泣き声がいつまでも続きます。お乳を飲もうとしないので乳母たちはひどく心配し、慌てふためいていました。やがてクモイがその子を腕に抱き上げ、ランプのそばに一緒に腰掛けると、髪を耳の後ろにかきあげて、ドレスの前を開きます。彼女の胸の美しい膨らみが照らし出されました。お乳を飲ませようとはせずに、ただ口に乳房を含ませてやります。

（第三巻、二五八頁）

意外とリアルな場面ですよね。乳母がいるのであれば乳母が授乳することが当たり前だったはずの時代に、自分でお乳を飲ませている。この引用では母乳自体は飲ませていませんが、赤ん坊の「口に乳房を含ませて」いることからもおそらく母親が乳をあげていたことが推測できます。

ロマン主義時代に生きた女性著述家のメアリー・ウルストンクラフトが、お乳を飲ませるというキャンペーンをしていました。彼女は、初めて産んだ娘ファニーを母乳で育てましたが、実は出産未経験だった頃から、つまり『女性の権利の擁護』というフェミニズムの先駆的な著書において、母乳の実践を奨励していました。男性によって「美」の対象として称賛される女性の胸部が、母乳をあげることでケアの能動的な働きを担うことからも、肯定視されたようです。実際のところ、彼女は、長じて『フランケンシュタイン』を書くことになる第二子であるメアリー・シェリーを産んで一一日後に亡くなっているので、ちょっとの間しか母乳をあげられなかったとは思いますが。そのように、歴史的にも現代でも、母乳をあげることは特別な意味を持たせられることがありますが、紫式部はそれをわざわざ描写している。

夕霧もケアの人だと私は思っています。もちろんお乳はあげられないから妻の雲居があげているのだけど、意外と心配性で、結婚するまで一途だったりします。まあそのあとはそうでもないのだけど（笑）。あのへんは彼なりの優しさとか、ある種遺伝なのか、お父さんのケアが受け継がれているところがあるのではないでしょうか。

夕霧の方は、なぜ子どもが泣いているのか分からず、祈禱したほうがいいんじゃないかと心配しますが、雲居は現実主義的なので、この子は病気なんだからそんなことをしても何にもならないと。すごく近代的なお母さんです。

父親と母親でそれぞれの見解に則って、ディスカッションしながら子育てを試行錯誤しているんですね。

——どちらかにおしつけているのではなく、協力して子育てにあたっていると。

現代にも性役割がはっきりとした夫婦が多くいますが、そんなカップルよりも、ある意味ではものすごくジェンダーバランスがとれている。みなさんに読んでいただきたいですね。
雲居は祈禱などしても何にもならないとはっきりと夕霧を否定しますが、夕霧も怒るようなことはしない。俺が言っているんだから話を聞けとマウントをとらない男性です。対話がそこで成立している。どっちかがどっちかの言い分を一方的に聞くような上下関係ではありません。

——言われてみると、これだけ対等に話し合っている夫婦は、平安時代で珍しいですね。

もうひとつ、これこそがギリガンのケアの倫理なんじゃないかというところがあります。夕霧の、落葉との関係性です。夕霧は色恋沙汰もない実直な人物でした。夕霧にとって女性は妻の雲居と側室の藤典侍だけでした。何人もの妻と恋人をもつのが一般的であった当時から考えると、非常に真面目であることがわかります。落葉は、夕霧のライバルである柏木の妻でしたが、柏木の死後、彼の遺言で夕霧が落葉の面倒を見るようになります。ところが、夕霧は落葉に惹かれてしまい、迫るようになる。

「わたしがどれほど耐えてきたか、あなたはご存知ないのです。あなたは人妻だったのに、愛の基本さえ知らない気がしてきましたよ」

と訴えますが、彼女はユウギリのどのことばにも答えられません。以前にも、あなたは愛を「理解」していない、と責められたことがありました。でもこれではまるで、「愛を理解する」とは、自分の信条や気持ちも省《かえり》みず求められるままに身を任せよ、と言っているよう。彼女は涙ながらに言います。

「違います、あなたが思うよりずっとよくわかっております――あなたの今宵《こよい》のひどい振る舞いが愛などではない、ということくらいは」

（第三巻、二八四頁）

このあたり、愛とは何かということを長い文章で語っています。もちろん、夕霧の妻である雲居もかなり不安になり、イライラします。断罪すべきかどうか、私はこんなときどうすればいいんだと。雲居を慮る落葉の心情を描写した次のくだりも印象的です。

クモイが他人とは思えません。彼女はカシワギの妹で、以前はとても親しかったのです。トウノチュウジョウだって、なんと思うでしょう！　思えば思うほど、この関係を知ったら、ひどく傷つき怒るだろう大切なひとが次々浮かぶのでした。そして彼女自身は――表向きどう見えようと、なんの疚《やま》しいところはなくとも――なにも知らない人たちがどんな罪深い想像をするかと、恐ろしくてならないのです。母君がいまはなにも知らないのも、なんの慰めにもなりません。いずれ必ずわかるでしょうし、隠してきたことで、一層罪深く映るだけ。

（第三巻、二八五頁）

――友人だった夕霧と柏木。しかし、柏木の死後には夕霧は柏木の妻である落葉に迫る。その中で、夕霧の妻の雲居、落葉がそれぞれどのように振る舞い、考えるか。すごく細かく描かれていますね。

これは正義の倫理とケアの倫理で比べていくと、正義の倫理では親友の柏木を裏切ってはいけない。でもケアの倫理は、落葉のように傷ついた女性に寄り添うことを夕霧が自分に許すかどうかというケアもあるわけです。もちろんただそういう関係になりたかっただけかもしれないのだけど。そのあたりの、揺れる心の動きがきわめて現代的だと思います。

――言われてみれば、現代的なテーマだし、すごくビビッドに感情や理屈の流れが描かれていますね。しかもそこには女性同士の連帯やケアと正義の対立もある。先生のご関心が『源氏』に投じられると、こんなにも現代的になるのかと驚きました。今日はありがとうございました。

第8章

データサイエンスが解き明かす『源氏物語』のことばと表現

——本居宣長からChatGPTまで

対談：近藤泰弘×山本貴光

2023年6月20日、早川書房にて収録
聞き手＝渡辺祐真、構成＝篠原諄也

写真右から

近藤泰弘（こんどう・やすひろ）
1955年生まれ。日本語学者。青山学院大学名誉教授。東京大学大学院人文科学研究科国語国文学専門課程修了。専門は文法理論、日本語史、コーパス言語学。著書に『日本語記述文法の理論』、共著に『コーパスに基づく言語研究』、『日本語の歴史』などがある。

山本貴光（やまもと・たかみつ）
1971年生まれ。文筆家、ゲーム作家。東京工業大学リベラルアーツ研究教育院教授、金沢工業大学客員教授。慶應義塾大学環境情報学部卒業。著書に『文学のエコロジー』、『文体の科学』、『文学問題（F+f）+』などがある。

科学捜査のように古典語を分析する

山本　近藤先生とは以前からツイッター（現X）などでやりとりさせて頂いていましたが、お会いするのは初めてです。今日はとても楽しみにしてきました。この機会に伺いたいことはたくさんあるのですが、テーマである『源氏物語』を中心にお話ししたいと思います。というわけでさっそくですが、近藤先生はこれまでどのような角度から『源氏物語』を研究されてきたのでしょう。

近藤　我々は、近時では、二〇〇〇年代になってから発達したN-gramという手法を使いました。これはテキストの文を文字数ごとに分割して抽出します。例えば「さくらがさいた」という文であれば、一文字ずつばらばらにすると「さ」「く」「ら」「が」「さ」「い」「た」という七文字になります。二文字単位で考えると「さく」「くら」「らが」、三文字単位だと「さくら」「くらが」とずれていく。そのように抽出したものを索引代わりに使えば、ある作品中に出てくる特定の単語だけではなく、「さくらが」とか「やまざくら」など、言い回しや複合語を一発で取り出すことができます。グーグルで複合語などの文字列でも一発で検索できるのも、N-gramの仕組みを内部に持っているからです。コンピューターが発達して大量のデータをインデックスできるようになったことは大きかったわけです。

山本　N-gramのような道具立ては、古典研究そのものからあまり出てこない発想のように思います。コンピューター抜きには考えられない手法ですね。

近藤　コンピューターの情報処理の世界の発想ですね。二〇〇〇年当時、情報処理学会の人文科学分野の部会で、京大工学部の情報工学者・長尾真先生とその研究室にいらっしゃった森信介先生が共同でN-gramの論文を発表されているのを知りました。それで長尾先生から「古典語に応用してみませんか」とご提案があって、研究をすることになったわけです。例えば、森先生の作られたN-gramのプログラムで『古今和歌集』の男女の詠んだ和歌を対比すると、明らかに言葉の使い方に違いがありました。そうした平安時代のジェンダー差を作品から分類するという研究をしました。

山本　お話を伺うとわかるように、ほとんど実験ですよね。やってみた結果として何が出てくるかはわからない。でも、実際に試してみると有意な差が出てきたりする。本当に面白いですね。人間が見ているだけではわからないこともアルゴリズムを用いたデータ処理で浮かび上がってくるわけです。

近藤　コンピューターがなければ、どうしようもないですね。『源氏物語』だと、調べたN-gramは一四〇〇万種類以上もありますから。N-gramであれば、『源氏物語』と『古今集』をマッチングして、『古今集』がどれぐらい引き歌として引用されているかを調べることもできます。長い文字列の引用がわかるので、従来の単語の索引よりももっと細かいところまで調べることができる。

――それは実際に引用している場合と他人の空似の場合がありますか。

近藤　両方あります。ただ十数文字も重なっていると他人の空似ではなく、従来知られていない引き歌だろうと考えます。そうした『源氏物語』のまだ知られていない引き歌について

引き歌とは

「げに、この世は、短かめる**命待つ間**も、つらき御心は見えぬべければ」（ほんとうに、この世は短く見える人生の間も、つらいお気持ちが見えてしまうので）（源氏物語・宿木）

ここでは、次の古今集歌を「引き歌」にしている。

「ありはてぬ**命待つ間**のほどばかり憂きこと繁く思はずもがな」（限りある人生の間くらいは嫌なことをあまり考えたくないな）（古今集・雑下・平貞文）

「命待つ間」という短い語句が重なっているが、これで『源氏物語』本文での、現世でつらい思いをしなくてはならないという嘆きを、同じ趣旨の引き歌の明示的ではない引用で、より強く表現している。

当時の人たちが、『古今集』などをほとんど丸暗記しているということを前提に発達した修辞技巧の一種である。現代語でいえば「「命待つ間」じゃないけど、ほんとにつらい世だよね」のようなニュアンスとなる。（近藤）

論文を書きました。数十例見つかったんです。

山本　すごい！　人間も当然ながら『源氏物語』や『古今集』を読むことはできるし、そこかしこに類似やパターンを感じることがありますが、記憶や知覚の限界があって、見逃すこともたくさんあります。コンピューターを用いると、人間が目にしていながら認識できていないこと、いわば無意識のうちに触れているものを抽出して、見えるようにできるわけですね。それによって人間のバイアスが照らし出されもします。

昨今のＡＩでも似たようなことを感じたりします。たとえばテキスト生成ＡＩと呼ばれるＣｈａｔＧＰＴは、膨大なネット上のテキストを材料として機械学習しています。いうなれば人間の集合的な言語使用（そこにテキスト生成ＡＩによって作られたテキストデータも入り込んでいくわけですが）を統計的に扱っているわけですね。ＣｈａｔＧＰＴにいろいろなテキストを入力して、出力された文章を読んでいると少し変な気持ちになります。比喩的に言えば、無数の人の顔を合成してできた顔を見ているような気分と言いましょうか。膨大な数の人間による言語使用が重なり合ったものが出力されていて、人間たちが必ずしも自覚しないまま使っている言葉遣いの癖やパターンのようなものを見せられているように感じるのですね。ついでに言えば、文体について命令を与えない限りは、概ね整ったテキストが出力されます。いささか整い過ぎているところも人間離れして感じられる点かもしれません。話を戻すと、N-gramでも、まさにそこに潜んでいながら私たちには見えないものが浮かび上がってきますね。

近藤　当時の人ならば見えていた部分もあるのでしょう。『古今集』では「春の山辺」という言葉がN-gramでたくさん引っかかりました。詳しく調べてみると、男が詠んだ歌ばかりに出てくる。女性を表す比喩だったんです。男が「春の山辺」で休みたいと言うと、性的なニュアンスのあるメタファーだった（近藤みゆきさんとの共同研究）。

山本　私たちがそれを目にしてもわからないわけですね。仮に教科書に載っていたとしても、そういう意味だとは知らないまま読んでいたりして。

近藤　でも、当時の人はきっと、ちょっとにやにやしながら詠んでいたのでしょうね。

山本　科学捜査のような側面がありますね。最後はデータがなにを示しているのか、人間が解釈する必要があるにせよ、そこにいたるステップで人間には到底見つけられないものをアルゴリズムによって浮かび上がらせる。

データサイエンスを用いた文学研究の歴史

――そもそも日本ではデータサイエンスを用いた文学研究はどのように始まったのでしょう。

近藤　もともと文学研究を数学的に扱うことは、戦前の統計的研究から始まりました。テキストの「延べ語数」「異なり語数」を調べて、その作家が名詞や動詞を使う数などを分析する文体論研究です。その草分けは計量文体論の分野で著名な心理学者・波多野完治先生（一九〇五〜二〇〇一年）でした。著書『文章心理学入門』（一九四一年）では、当時の現代小説のテキストを用いて文法の特徴を分析しました。そして波多野先生を継いだのは、心理学者で日本古代史学者の安本美典先生（一九三四年〜）です。邪馬台国起源論でも知られる非常に多能な方ですが、計量文体論についても『文章心理学の新領域』（一九六〇年）など多くの著作を出されました。このお二人から文学を数量的に扱う研究が始まったと言えるでしょう。そこから、水谷静夫先生のように国語研究者も文章心理の研究を行っています。

コンピューター以前の研究だったわけですが、今でもその技術は応用されています。文章の特徴量、つまり文の長さ、句読点の数、名詞や形容詞の数などに着目して分析する。すると作者のわからない草稿が発掘されたとき、それが誰の作品なのかを調査することもできる。谷崎と芥川と較《くら》べて、統計的にどちらが有意であるかなどわかるわけです。

――お二人とも心理学者だったのですね。

近藤　文章心理学が、文学を統計的に扱うオーソドックスな学問だったんですね。ちなみに、人文科学のなかでコンピューターを最初に扱い始めたのも心理学です。これはなぜかといえば、文系のなかで一番理系に近い学問だから。実際にアメリカなどでは心理学は理系に分類されます。今でも心理学科の学生はコンピューターが得意でしょう。やらないと話にならない。

山本　心理学の文脈を少し補足すると、「心」や「心の理」という捉えがたいものを研究するにあたって、はじめは当人に自分の心の状態を報告してもらう「内観法」という手法を取らざるをえなかった。しかしそれだと他人からは妥当な報告かどうかを確認できない。客観的なデータに基づく科学にならない。そこで直には目に見えない心をいかにして分析するかが模索され、実験心理学なども試される。この点でわかりやすいのは、アメリカで二〇世紀初頭に流行った行動主義心理学の発想でした。内心や内面は見えないので扱わず、外から観察できる行動だけを対象として数理的に研究しようというわけです。そのように数理に寄っていく流れがあるなかで、文章も目に見えて形が動かない文字としてあるので、これを材料にすると客観的に扱えるだろうと考えたんですね。

近藤　我々が研究を始めた一九七〇年代当時、最初はテキストの単語を索引にすることをしました。これは先ほどの二人の統計的方法とはまた違っています。いわゆる言語学的研究をするときに、まずはコンコーダンス（ある作品の全単語について、その前後の文脈などと合わせてページ数などを示したもの）が必要です。もともとヨーロッパではコンピューター以前の遥か昔から、聖書研究やシェイクスピア研究において発達していた分野です。聖書だと一六〇〇年くらいからコンコーダンスが刊行されていました。そして一九六〇年に、ＩＢＭの社員だったルーンという人がコンピューターで索引を作る「ＫＷＩＣ索引」（キーワードの前後に文脈が付いたコンピューターによるコンコーダンス）を開発しました。日本でも情報工学の研究者がそれを使って新聞のテキストなどで分析していましたが、我々はそれを文学作品でやってみようと。研究仲間だった豊島正之さん・古田啓さんからいろいろ教えてもらいながら研究を始めました。

山本　当時、どのようなコンピューターを使っていましたか。

近藤　すべてメインフレームでした。学部生時代、初心者向けのコンピューターとして三菱のMELCOM、大学院生になってからは当時一番大きなメインフレームの日立のHITAC・VOS3が東大にあったので使っていました。当時はコーパス（コンピューターで作った文学作品などの電子データ）を作るのにも、パンチカードで『竹取物語』などのテキストを入れていました。

山本　読者のために補足すると、メインフレームというのはパーソナルコンピューターが登場する以前からある大型コンピューターで、大学や企業などの組織に置かれていたものです。今のようにリアルタイムに画像を更新して表示するディスプレイもなく、入力はパンチカードで紙に穴をあけて読み込ませていた。

――それでは量をこなすのが大変ですね！

近藤　大変でした。おっしゃるようにパンチカードを出して、お菓子の缶などに入れていましたが、途中で缶をひっくり返すと大変なことになります。

山本　想像するだけでも大惨事！（笑）　日本語とコンピューターの話では文字コードの話も不可欠ですが、メインフレームの頃は文字の扱いはどうなさっていたのでしょうか。

近藤　最初は半角カタカナしか使えませんでした。自由に漢字が使えるようになったのは大学院が終わって助手になった頃でした。それでも第一水準（ＪＩＳで定められた漢字の規格で、特に使用頻度の高い二九六五字）の漢字だけしか使えない。

山本　かなり厳しいですね。それで古典を扱おうと思っても、ない漢字だらけでしょう。

近藤　はい。当時のメインフレームは文字コードがパソコンとは違っていたので、メインフレームで使ったデータをパソコンに持ってくるときには、フロッピーディスクでやりとりしていましたし、パソコン側で読み取るためのプログラムは自作していました。

山本 おお、まさに電算機利用の歴史の生き証人。コンピューターの歴史、特に日本語を扱うコンピューターの歴史は、アルファベットしかない状態から、徐々に文字コードを拡張していく歴史でもありましたね。ご著書やSNSでの投稿を拝見していても、近藤先生はコンピューターについての理解の深さが違っていると感じていたのですが、今のお話を伺って謎が少し解けたように思います。メインフレーム時代から使っておいでで、コンピューターの変化を見続けていらした。昨今、デジタル・ヒューマニティーズが注目されていますが、その黎明期から取り組まれていたわけですね。

ところで、近藤先生は研究対象の古典にはどのようにご関心をお持ちになったのでしょうか。

近藤 学部生時代の指導教授が古典語の先生だったので、卒業論文も古典でした。当時は助詞研究が流行っていたので、卒業論文では古典語の係り結びを研究しました。修論まではコンピューターではなくカードを使っていて、一枚一枚用例を切って貼ってという大変な作業でした。それらをなんとかコンピューターでできないかと思っていました。KWIC索引を使ったら一発だろうと。

山本　手作業とコンピューターとで、発見できることに何か違いはありましたか。

近藤　手作業では並べ替えが高速ではできませんが、コンピューターを使えば瞬時に文字列処理で五十音順に、あるいはその逆順に並び替えをすることができる。これで研究の能率は格段に上がります。例えば、ある動詞の前の助詞は「を」と「に」のどちらが多いかは、いくら『源氏物語』の専門家であってもわからない。コンピューターであれば、環境を切り替えながら自分が思いついたことをすぐに実験できるわけです。オンデマンドで実験できることは大きなメリットです。

山本　その恩恵は計り知れませんね。

近藤　こうじゃないかという発想はどうしても必要ですが、発想は手を動かしながら思いつくこともある。いずれにせよ、コンピューターがあって悪いことは何もありません。

計量文体学と意味内容の解釈の関係

山本　お話を伺いながら連想したのですが、本居宣長が『てにをは紐鏡《ひもかがみ》』で係り結びを表にしていますよね。江戸時代にあそこまで突き詰めたのはすごいことだと思いました。コンピューターのコの字もない時代に自分でテキストを端から端まで見て、パターンを抽出して一枚の図表にしてしまったのでした。

近藤　彼はカードを使っていたようでした。『てにをは紐鏡』にしても、その解説書『詞の玉緒《たまのお》』にしても、当時あれだけのものを作ったのはとんでもないですね。『詞の玉緒』は時々読みますが、まだ言語学的に完全に価値を理解できていないと思うことがあります。実は『てにをは紐鏡』はコレクションしていて、二、三〇種類は持っています。

山本　やはりそれぞれちょっとずつ違っていたりするのでしょうか。

近藤　図表の途中に太めの線が入っていて、初期のものは宣長の目が利いているので論理的

本居宣長『てにをは紐鏡』（近藤泰弘所有）

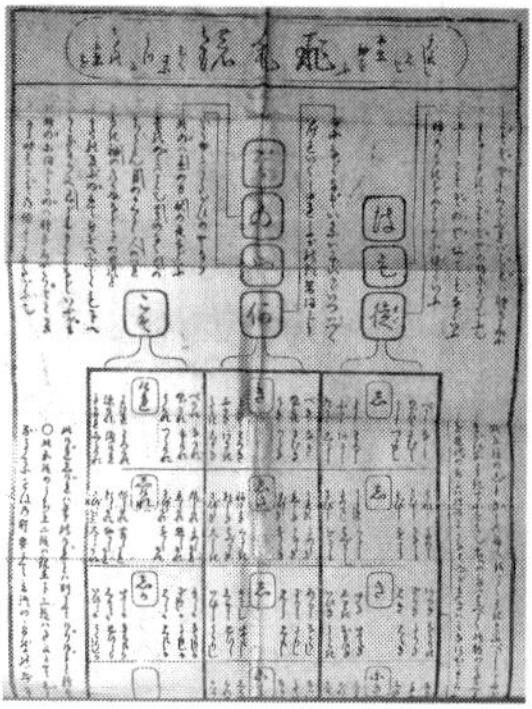

冒頭部分

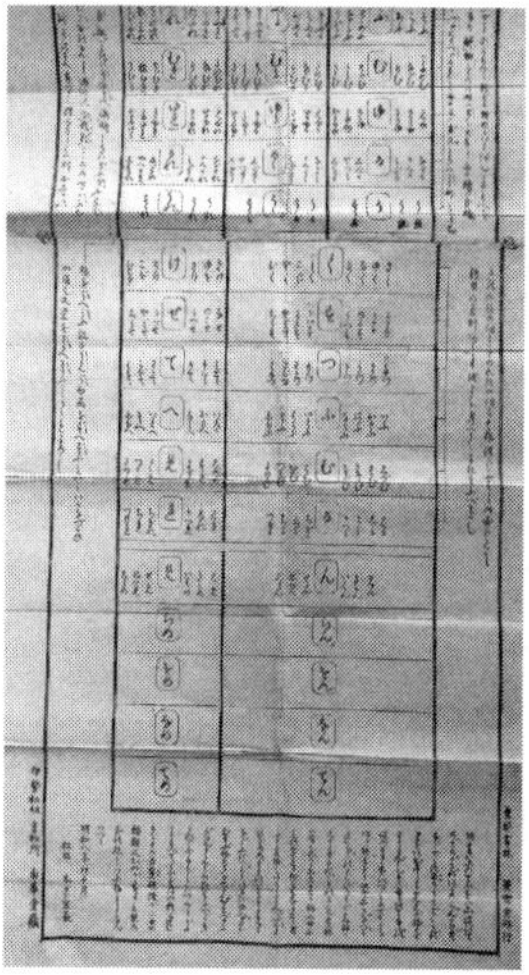

末尾部分

畳んだときの外観

に入っているのですが、あとの刊年のものはだんだん崩れていって。明治の後刷りになるとめちゃくちゃで、ただの飾りのようになっている。

山本　それは面白いですね！　まるで伝言ゲームのようです。最初は意味があった要素も、やがて形だけ揃えておけばいいだろうとなって、だんだん崩れて意味がわからなくなる。物事が形骸化するプロセスでもありますね。

近藤　逆に言えば、本居宣長の作った表はそれだけすごい精密度だったということで、驚くべきことです。さて、コンピューターの話に戻りますが、日本で一番初めにコンピューターで『源氏物語』を分析したのは長瀬真理先生ですね。もともとオックスフォード大学でプラトンの研究をされていて、日本にその手法を伝えた方でした。私が日本語で言語学の研究をする上でも非常に参考になりました。

長瀬先生の後、心理学の流れを汲んで統計的な観点で『源氏物語』の文体論研究にまで高めたのが村上征勝先生です。武田宗俊さんが一九五〇年に、『源氏物語』の「桐壺」から「藤裏葉」までの正篇は、玉鬘系・紫上系の二つの系列があるという説を唱えました。昔からそれらを「並びの巻」といってパラレルに話が進むことは知られていましたが、武田さんは成立が違うという説を主張した。村上先生はこの説を文章心理学の方法でコンピューターや統計を使って実証できないかと考えて、それぞれの品詞の割合の違いなどを論じました。そうした村上先生の諸研究は、コンピューターと『源氏物語』という分野において非常に画期をなしたと言えるでしょう。

しかしこの説は一世を風靡したものの、現在の『源氏物語』研究ではあまり重要視されていません。文学研究者・文学者にとってみれば、同じ紫式部であっても、違う意図で物語を書いているのだから文体を変えることもあるだろうと考えるわけです。そう言われてしまうと、統計的に有意であると言っても、あまり説得力がないですね。統計的に考えることで初めて見える新しい発見には違いないのですが、そこで議論が平行してしまう。

山本　形式を数理的に検討する計量文体学と意味内容の解釈の関係の難しいところですね。コンピューターを使った古典研究を考えるときに、定量的な部分と定性的な部分の関係をどうするかはいつも気になるところです。

近藤　いわゆる文学研究の人は、基本的にコンピューターがあまり好きじゃないですからね。国語学の分野ですらそういう傾向がありました。だから私はコンピューターで研究していることは最近になるまであまり積極的には言わないようにしていたんです。コンピューターでやっているというと、怪しい研究だと見られる時代がずっとあった。

山本　隠れキリシタンならぬ、隠れプログラマーだったんですね。

近藤　二十一世紀になってようやくコーパスを用いた研究が広く注目されるようになって、素直に公にすることができました。

言葉の「ベクトル」を考える

山本　最近の定量的な研究で面白いなと思うのは、自然言語処理で言葉の意味をベクトルとして表す手法で解析すると、また違う様相が見えてくることです。ここで「ベクトル」とは、複数の数値を組み合わせたもの（多次元の量）を指します。イメージするために単純な例を挙げれば、（3、7、4）というふうに数値をセットにして扱うわけです。実際には一〇〇とか一〇〇〇といった規模の組み合わせを使っています。

自然言語処理で、なぜベクトルのようなアイデアを使うかというと、コンピューターでは扱いたいものを数値に置き換えると処理がしやすいということがあります。「犬」と「源氏物語」と「食べる」という語を、なんらかの共通のモノサシで数値に置き換えられれば、いろんな演算もしやすくなる。

ではどんなふうに言葉を数値にするか、つまりベクトルにするか。これはいろいろなやり方があります。例えば、ある語が文中に現れる出現頻度を元にしたり、文中である語が他のどんな語と一緒に並ぶことが多いかといった、語同士の関連をベクトルで表したりするわけです。ベクトルは、材料となる文章をもとに機械学習によって作ります。例えば「食べる」という語の近くには「ご飯」とか「お菓子」といった食べ物を表す語がよく使われるといったデータを、ベクトル（数値の組み合わせ）として機械学習によって作るわけですね。そうすると、「王」と「男性」、「女王」と「女性」という語が互いに関連している様子をベクトルで表せれば、これを元に「王－男性＋女性＝女王」といった演算もできるようになるのです。だいぶ簡素化していますが、読者のみなさんにアイデアの概要は伝わるでしょうか。

近藤　ベクトルの話をありがとうございます。私も、その方面の研究も少しやっています。最初に使われたツールはWord2Vec、最近はフェイスブック（現Meta）が作ったFastText

が有名ですが、私もそれらを使って『源氏物語』のテキストに形容詞がどう分布するかなどを調べました。山本先生がおっしゃったように、従来とは違った形でジェンダー差が浮かび上がるなど、我々の気がつかない情報を調べることができます。ベクトルを使った方法で文法を調べることはまだまだこれからなので、今後進んでいくと思います。

山本　そういう意味では七〇年代に始まっていながら、具体的な研究としてはまだまだやるべきことが前に広がっていますね。

近藤　ようやくその能力が全開になってデータも増えてきました。これからまさに面白くなってくる気がします。

最近は言葉をベクトル化する研究手法は非常に強力です。今注目されている大規模言語モデルのＣｈａｔＧＰＴも、一番基盤にあるのはベクトルの考え方です。ＣｈａｔＧＰＴが言葉をどうやって理解しているかというと、単語よりも小さな単位のトークンに区切り、全部ベクトルにした情報を覚えさせる。基本的にはトークンが互いにどこに並んでいるかという、ただそれだけの学習なのに、単語や文の持っている意味を学習し、文法などを理解していく。信じがたいことですが。

――ChatGPTが大量のテキストを学習した上で平均的・常識的なものが出てくるというお話が先ほど出ましたが、ベクトルを参照しているからこその出力なのですね。

山本　人間が使う言葉の並び順の中に潜んでいる関係、つまりこの語とこの語は関係が強いというパターンをコンピューターが機械的に抽出することで、人間から文法を教えてもらわなくても、結果的に文法に則っているように見える文章が書ける。文章生成というのは、言ってしまえば単語をどう並べるかという組み合わせの可能性を絞るプロセスです。ある単語を置いた場合、その次に並ぶ確率が高い単語はどれかを絞っていくのですね。

そういう意味で、ノーム・チョムスキーがChatGPTを「凡庸な悪だ」と批判しているのは大変興味深いことでした。生成文法派の開祖である彼は、人間は生まれながらにして頭のなかに普遍文法を持っていて、だからこそ言語の経験が少ない子供でも、いろいろな文章を生成できるのだ、という仮説を唱えています。ところがChatGPTはそうした普遍文法を知らなくても、文法に則っているかのような文章をいくらでも生成できることを示してみせた。これをどう評価するかというわけです。

ChatGPTについてつけ加えると、私はいろんな作家の文体で文章を書いてもらうことを試したりしています。例えば、桃太郎の物語を町田康、宇佐見りん、ヘミングウェイの文体で書いてくださいと命令するのですね。結果として出力された文章を見ると、努力の跡は見受けられるのだけれど、どうもうまく書けているとは言えない。でもこれは面白いことだと思います。ＣｈａｔＧＰＴは人間が読んで意味を結ぶように言葉を並べられるのだけれど、我々が文体と呼ぶような個人の言葉の使い方の特徴にまでは迫りきれてはいない。あるいは、現段階では機械学習に用いられている日本語のテキストデータが少なかったり、そこに作家たちの文章があまり入っていないから、ということは考えられます。

今後、ＡＩが『源氏物語』や『紫式部日記』などの限られたコーパスを十分に学習したら、それと同じような文体で古文を書けるようになるでしょうか。まだ何段階か先のことかもしれませんが、一人の素人なりの夢として、そうなればちょっと楽しいなと思います。ＡＩの紫式部が新しい歌を詠んでくれるようになるかもしれません。

近藤　それができたらすごいですよね。実際に中国の西安交通大学では和歌を自動生成するＡＩを作っています。出力された作品を見ると、まだ今の技術では素晴らしいとまでは言えず、やはり何かが足りないような気がするのですが。今の大規模言語モデルに古文をしっかりと覚えさせて喋らせるというのは、取り組んでみたい研究ではあります。

月面に降り立ったレベルの大きな進歩

近藤　これまでやってきた研究の流れを振り返ると、最初は単語を切って並び替えていました。その次はN-gramのようにさらに細かい単位で区切っていき、現在はバラバラになったトークンの関係をベクトル化している。だから今は第三世代と言えるでしょうか。最初の世代では単語の並び方しかわからなかったけど、次はその単語の内部構造まである程度理解できるようになって、今のＣｈａｔＧＰＴ世代は意味まで扱えるようになった。意味とは何だという問題はありますが、翻訳ができるので実質的には意味を知っていると言えるでしょう。

最近面白いと思ったのは、「Mathematica」というソフトを作っているスティーヴン・ウルフラムが書いた『ＣｈａｔＧＰＴの頭の中』（ハヤカワ新書）。ＧＰＴ‐２のネットワークを可視化することで様々なことが見えてくるはずだと言っています。いわゆるトランスフォーマー（生成ＡＩの基本になる深層学習のアーキテクチュア）がどういう風に動くのかが見えて、その動きと現実の言語とをマッチングすることで、従来はわかっていない言語の特性が見えてくるのではないか。そうすれば、チョムスキーら生成文法派の主張する文法構造が、本当にあるのかどうかもわかるかもしれません。コンピューター上のネットワーク処理を解析することで人間の言語に迫るという研究が、いわば次の第四・第五世代になるでしょう。

山本　ChatGPTでは生成結果を見ることはできますが、ユーザーからすると基本的に中身はブラックボックスなので、なにゆえそのような出力になるのかを知りたかったら、なんらかの逆解析をしないといけませんね。比喩的に言えば、AIの精神分析をする必要がある。出力された言葉を手がかりに、それを出力している内部の様子を推定するわけです。それがある程度見えてきたとき、人間の力では見てとれなかった言語に潜む文法的なパターンや確率なども、いっそう見えてくるかもしれませんね。

近藤　はい、おっしゃるように、おそらく文法とは、教科書に書いてあるようなスタティック（静的）なものではなく、動的で確率のかかわったものであるはずです。それを人間にわかるように説明したのが、いわゆる「学校文法（スクールグラマー）」のようなものだと思います。現状では擬似的にスタティックな形式に近似したもので表していますが、もっと詳しく見ることができればよいですね。

山本　とても希望の持てる話です。今日の先生のお話を聞いて思い出したのは、デジタルコンピューターの遥か以前、中世ヨーロッパのライムンドゥス・ルルス（ラモン・リュイ）が提唱した、概念を結合する術「アルス・コンビナトリア」です。人間が自分で概念を組み合わせて何かを考えようとすると、思い込みや好き嫌いなどさまざまなバイアスが働いて偏った組み合わせしかできない。概念の組み合わせを機械的に生成すれば、本来もっといろんな組み合わせがあることもわかる。人間は「AならばBでしょう」という思考のパターンが邪魔になって、他の可能性を見つけづらい。そこでルルスは円の周に概念を並べて、その中に小さな同心円を書いて同じように概念を並べて、ダイヤルを回すように外側と内側の組み合わせから新しい発見ができるのだと考えたのでした。後にライプニッツがそれを受け継いで、概念を演算できるようにすれば、人間同士の感情的な論争もなくなると論じました。例えば二人の学者の主張が対立しているような場合、「どれ、ひとつお互いの概念を計算してみましょう」と、めいめいの命題を演算すると、どちらが真でどちらが偽であるとか、実は同じことを言っていたとか、演算でわかるというアイデアです。残念ながらライプニッツはそこまで実現できませんでしたが、とても面白いですよね。

現代のAIを使っていても、やはり人間にはバイアスがあることがわかる。人間では目が曇ってしまうことも、機械の組み合わせのパターンによって教えてもらえるかもしれない。今、ライムンドゥス・ルルスの夢が何周か回って叶いつつあるのかもしれない（ただし、人間が機械に与えるデータやアルゴリズムにバイアスがかかっているために、出力結果にもそれが反映してしまう事例が報告されていることにも注意が必要です）。

お話を聞いて、古典研究はもちろんのこと、言語に関わる研究においても、まだまだ未知のフロンティアが広がっているように思いました。人間だけでは気づけないものを、どうやって機械の力を借りて見いだすか。しかし、結局はそのための目標や実現のためのタスクを考えて実行するのは人間なので、研究者の発想が一番大事なのは変わらない。発想がある人ほどＡＩを面白く使ってゆくのではないかと思います。

近藤　言語研究の人文的な分野では、もうやるべきことはないと言う人もいるんです。でもそんなことはありません。ひとつの強力な研究手段として大規模言語モデル（生成ＡＩ）も生まれました。コンピューターは様々な発展段階があるなかで、これは月面に降り立ったようなレベルの大きな進歩です。これを利用して、言語研究においてやるべきことはたくさんあると思っています。今後の夢が広がってきたというお話を伺って、私もますます意欲がわいてきました。今日はどうもありがとうございました。

コラム④

人はなぜ物語を必要とするのか

角田光代

ⓒ垂見健吾

角田光代（かくた・みつよ）

1967 年、神奈川県生まれ。小説家。早稲田大学第一文学部卒業。1990 年、「幸福な遊戯」で海燕新人文学賞を受賞しデビュー。2021 年、『源氏物語』の現代語訳により第 72 回読売文学賞を受賞した。そのほかの著書に『対岸の彼女』（第 132 回直木賞受賞）、『八日目の蟬』（第 2 回中央公論文芸賞受賞）などがある。

源氏物語を訳しているとき、いろいろと不思議に思うことはあった。どうしてこんなに長い話になったのか、とか。紙なんて満足に使えないだろうに、作者はこの複雑な人間関係をどうやって記憶したり整理したりしたのか、とか。順番に書いたのか、それとも順不同に書いたのを、のちにだれかがまとめたのか、とか。

でも私がいちばんくりかえし考えた「なぜ」は、なぜ人は、物語を必要とするのか、ということだった。

千年前のことは想像するしかないし、その想像だって、私のように古典にたいする素養がないと非常に限られてしまうわけだが、紫式部がこの源氏物語を書いたとき、「後世に残る文学にしよう」と考えたとはどうしても思えない。千年前の女性が、インターネットで全世界と交信できる未来はもちろんのこと、男性と女性がなんの隔てもなく会い、話し、公衆の面前で手をつないだり抱き合ったりする世界すらも、想像できなかったと思う。私たちが千年先を想像できるのは、千年昔の記録があるからだ。

だから、ただ書いたのだと私は思っている。後世に残る大作を書こうなどとは思わずに、ただ、書いた。請われてか、みずから進んでかはわからない。作者はただ書き、読み手がそれを読み継いだ。すぐれた作品だから読み継いだのではない、途方もない時間、読み継がれ続けているからすぐれた作品となったのだ。私はそう思う。だって、「これはずば抜けてすぐれた作品ですよ」と教えられたって、魅力がなければ人は読まないし、読めない。そして、文学として何がすぐれているかというのは、時代によって変遷する。千年変わらないなんてことが、あるはずがない。

ここに、この物語が千年読み継がれたことの大きなヒントがあると思う。この物語は、作者の意思に反して、千年ものあいだ、物語を必要とする人に応え続けてきたのだ。武力の時代も、国が富んでも貧しくても、近代化がはじまっても、度重なる戦争のときも、人々は物語を読み続けた。飛行機で外国の国々にいけるようになっても、コンピュータで世界じゅうの景色が見られるようになっても、なお、読み続けている。

源氏物語は、帝王学として読まれたこともあれば、教養として読まれたこともあり、またお嫁入り道具とされた時期もあり、今でいう二次創作も盛んだったと聞いた。そのすべてに、この物語は応え続けてきたのである。

そう考えると、「なぜ人は物語を必要とするのか」という問いと、「源氏物語はなぜ千年読み継がれているのか」という問いは、問答のようにつながっている。

その問いへの答えは、本当に人それぞれだろうと思う。

私が源氏物語と向き合いながら考えたその答えは、私たちはなぜ生まれてきたのか知りたいからではないか、というものだ。その問いには幾多のほかの問いも内含されている。

なぜかならず死ぬのに生まれるのか。生まれたことに意味はあるのか。生まれたらなぜあの人でもこの人でもなく「私」なのか。私の人生と他人の人生はどう違うのか。なぜ生きるのはこんなにもつらいのか。つらいのは私だけで他人はそうでもないのか。そして死んだらどうなるのか。

なぜ生まれてきたのか、という問いは、途方もない過去にも未来にもつながっていく。前世でどんなことをしたからこのように生まれたのか。今世で苦しみのもととなるこの人とは前世、どんな関係だったのか。どのように生きたら次には幸福に生まれることができるのか。愛して止まないこの人と来世でも会えるのか。

与えられたいのちを生きること。古来から人はそれについて知りたくて知りたくて、だから神話を、宗教を、哲学を、文学を編みだし、ほかの動物を観察し、歴史を記録し、数を記録し、この世界以外の世界をさがそうとしてきたのではないか。

源氏物語は、それに応えてくれる物語なのではないかと私は思った。しかも、時代時代によって応えかたを変え、いつの時代であってもものすごく身近な現実味を持って応えてくれる。

読み手が身近に感じられるのは、登場人物が生きているように感じられるからだ。だから私たちは、他人の生を通して「与えられたいのちを生きるさま」を、具体的に、まるで近しいだれかのように、幾通りも知ることができる。完全無欠のような光君ですら年を重ね、妻を奪われ、最愛の人をなくし、この世から退場する。

登場人物たちの「生」は切り取られずに、その絡まり合った縁ごと、長く長く描かれる。みんな平等に年齢を重ね、若くしていのちを落としたり、いたずらに長生きしたり、出家したりしなかったり、おもて舞台から消えていったりする。その子孫がどうなっていくのかも、物語は見せてくれる。私たちは、読むことで、存分に生きることのままならなさと、それでも生きていかねばならないいのちのタフさを、これでもかと見るのである。

それが私が今のところたどり着いた、人が物語を必要とする理由であり、源氏物語が千年読み継がれてきて、これからも読まれていくであろう理由である。

訳を終えてから、じつのところ、小説にたいする考えかたが変わった。小説の強さとなるのは、言葉で紡がれた人間が、真にいのちを持って生きるかどうかだと思うようになった。小説ばかりでなく、絵画も、音楽も、私がそれまでたんに好きで見聞きし、触れてきたもの、すべての強さは、今それが生き生きと生きて、私に語りかけてくるかどうかにある、と思うようになった。変わったのはもちろん、千年昔の物語から、大勢が生きて語りかけてくる、それを五年も六年も体験したからだ。そうして自分でもびっくりすることに、私は小説が書けなくなってしまった。それで今、予定されていたいっさいの連載を断った状態なのだが、まあ、これも人生のままならなさである。いつか、書くなと止められても書き続ける日もやってくるだろうと思って、その日を待つしかない。

あとがき　〜『源氏』をもっと楽しむためのブックガイド〜

二〇二三年のはじめから、日本最大級の読書会コミュニティ「猫町倶楽部」で、『源氏物語』の読書会を開かせてもらいました。約一年間、隔週開催で、『源氏』を読み進めています(あとがきを書いている現在は、宇治十帖に入ったところ)。

毎回たくさんの参加者に恵まれたおかげで、質問の数も膨大です。平安時代の風俗や文化に関する基本的な質問から、なんでこのキャラクターはこの人物を愛するのか？　といった、人生の深淵に触れるような問いまで、毎回ハッとさせられてばかり。その度に、『源氏』を丹念に読み返しました。間違いなく、二〇二三年で一番読んだのは『源氏』です。

一年間の読書会を通じて強く感じたのは、時間をかけて読むことの尊さでした。考えてみれば、一年もかけて、一つの作品を読み通すなんて経験はそう多くありません。

一年もあれば、人生には色々あります。『源氏』の登場人物たちは、春夏秋冬の花に合わせて、亡くなった人を偲んだり、別れた恋人を思い出したりします。花が一年の暦となるように、僕の人生にも、二〇二三年は『源氏』が春夏秋冬のように彩りをもたらしてくれました（僕個人でいえば、長年勤めた会社を辞めて、専業の作家になるという暴挙を冒しました。ちょうど、光源氏が須磨明石から戻ってきた頃でした）。

そして一年もかけると、作品の世界にどっぷり浸れます。これはどれだけ頭を働かせたり、理屈をこねたりするよりも、手っ取り早く作品世界に入り込むための極意だと思います。とにかく時間をかける。分からなくてもいいから、根気強く作品と付き合う。その尊い時間の中で、自分にしか見つからない作品の魅力がきっと見つかります。

本書は、『源氏』を楽しむための入門書であり、応用書です。あなたが『源氏』と（もっと）触れ合うというたった一つの目的に向けられています。だから、本書を読んでいるうちに『源氏』が読みたくなってムズムズして、思わず『源氏』を手に取って、その後にまた本書に帰ってくる、というのが理想だったりします。

というわけで、最後におすすめの『源氏』本を紹介します。

●現代語訳で読みたい人

・角田光代訳『源氏物語』河出文庫（全八巻予定、二〇二三年一〇月から刊行中）：現在最も新しい現代語訳。流麗で読みやすく、系図などの情報も豊富で親切。文庫が刊行中だが、早く読みたい人は単行本もあります。
・毬矢まりえ＋森山恵訳『源氏物語　A・ウェイリー版』左右社（全四巻）：東洋学者アーサー・ウェイリーによる『源氏』の英訳を、再び日本語に訳したもの。訳者の二人は外国語が堪能なだけではなく俳人と詩人なので、外国文学のような気品ある訳文に仕上がっています。

●原文も読みたい人
・阿部秋生、秋山虔、今井源衛、鈴木日出男校注・訳『新編　日本古典文学全集　源氏物語』小学館（全六巻）：原文、現代語訳、注釈が揃った最高の一冊。同じページに全てがまとまっているので、現代語訳の助けを借りつつ、原文を丁寧に味わいたい人には絶対おすすめ。
・玉上琢彌訳注『源氏物語』角川ソフィア文庫（全一〇巻）：原文、現代語訳、注釈が揃っている。文庫で安価な分、現代語訳が原文と別掲載だったりと少し不便はあるものの、これだけまとまっているのはとてもありがたい。
・石田穣二、清水好子校注『新潮日本古典集成〈新装版〉　源氏物語』新潮社（全八巻）：原文と注釈が揃い、難しい箇所には現代語訳がついている。原文を味わいつつ、注釈で知識や情報の補足を得たい人にうってつけ。

●『源氏』をもっと深く読みたい人

・吉海直人『源氏物語入門　〈桐壺巻〉を読む』角川ソフィア文庫：一番最初の帖「桐壺」だけを一冊かけて丹念に読み抜く。歴史的な事実はもちろん、文学を深く読むとはどういうことかが分かる傑作。

・三田村雅子『ＮＨＫ「１００分ｄｅ名著」ブックス　紫式部　源氏物語』ＮＨＫ出版：『源氏』をあらすじに沿って読みながら、深い味わい方を提示してくれる良書です。

・佐藤晃子『源氏物語　解剖図鑑』エクスナレッジ：これから『源氏』を読むという人には必ず手元に置いてほしい一冊。詳しい人物相関図やあらすじが載り、全帖について読みどころや文化の解説がコンパクトになされています。

●紫式部・平安時代についてもっと知りたい人

・山本淳子『源氏物語の時代』朝日選書：『源氏』が書かれた平安時代の人物模様を丁寧に描き、そこから『源氏』の読解にまで繋がる。時代を知りつつ、作品の読みを深めることができるはずです。

・山本淳子『紫式部ひとり語り』角川ソフィア文庫：紫式部による日記や歌集、伝承をもとにして、紫式部が自分の人生を語る体で書かれた半生。彼女の生涯をビビッドに感じられるようになる。

・川村裕子（著）、早川圭子（絵）『はじめての王朝文化辞典』角川ソフィア文庫：『源氏』に限らず、平安文学を読む際に必携の辞典。当時の服飾や文化、常識などがコンパクトにまとめられているので、困ったらこれに頼ればいい。

＝＝＝＝＝＝＝＝＝＝＝＝＝＝＝

『みんなで読む源氏物語』、最後までお付き合いいただき、ありがとうございました。

まずは、ご寄稿いただいたすべての皆様、そして構成や校閲などをしてくださった関係者の皆様にお礼を申し上げます。超多忙な皆様なのにもかかわらず、快くお引き受けいただいたこと、感謝してもしきれません。

また、「源氏「聖地」マップ」のイラストを描いてくださった錫杖撫莉華さん、本当にありがとうございました。

この一年間、拙い読書会にお付き合いいただいた「猫町倶楽部」の皆様、私に『源氏物語』をご教示くださった三田村雅子先生にも深い感謝を。

　そして、担当編集の一ノ瀬翔太さんに最大のお礼を申し上げます。二〇二二年の夏に安田登さんと『源氏』に関するイベントを行った際、会場に足を運んでくださり、そこで本書のご依頼を頂きました。そこからはこんなに怠惰な編者を励ましながら、繊細な剛腕で着実に進めてくださいました。特に、「源氏「聖地」マップ」を作るために、京都・滋賀・福井の取材旅行をご一緒したのは、得難い思い出です。

　これからますます平安文学が盛り上がるはずです。

より一層、「みんな」で文学を読んでいきましょう！

渡辺祐真

二〇二三年一一月

付録

源氏「聖地」めぐり

渡辺祐真

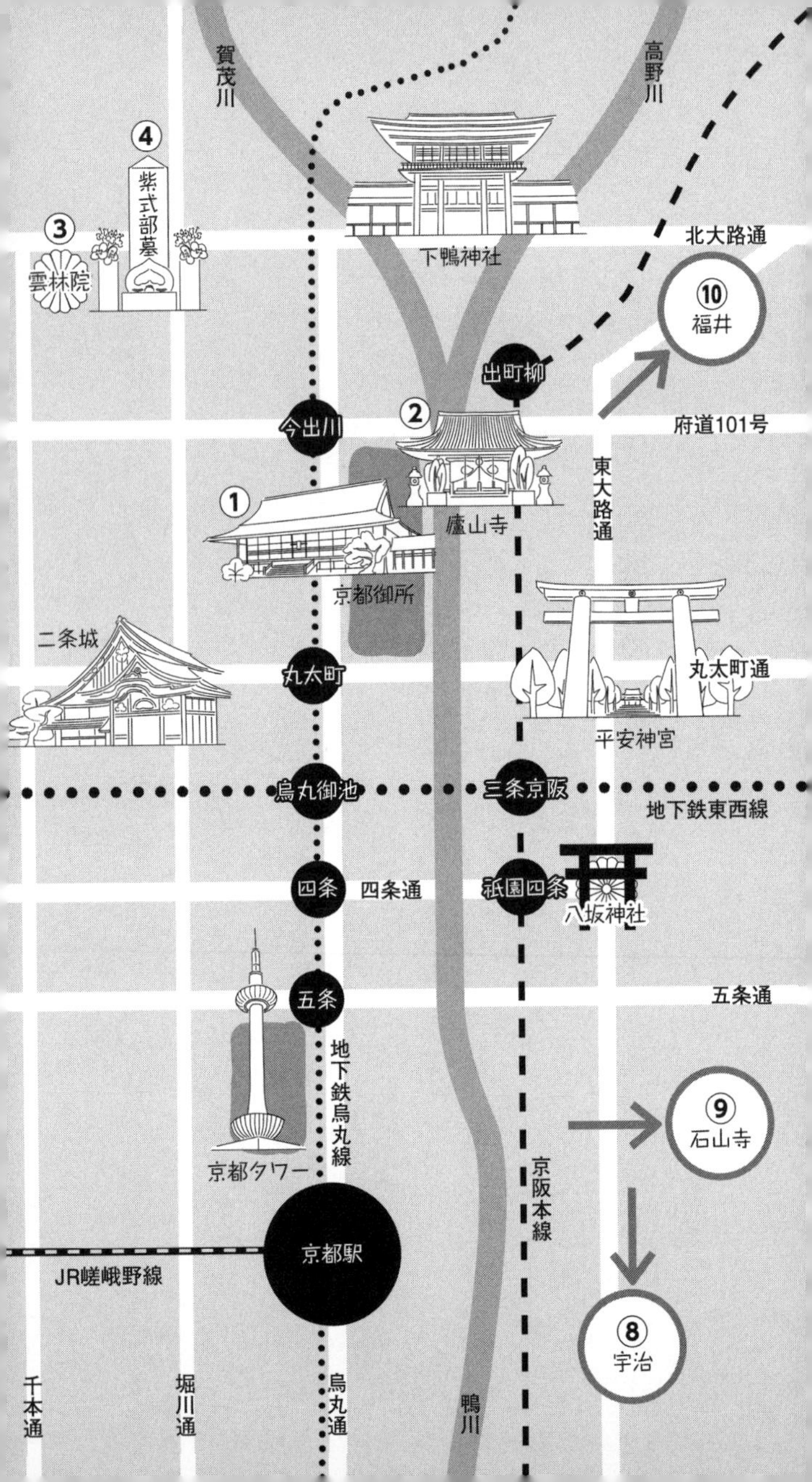

賀茂川
高野川
④
紫式部墓
③
雲林院
下鴨神社
北大路通
⑩
福井
出町柳
②
今出川
府道101号
東大路通
①
廬山寺
京都御所
二条城
丸太町
丸太町通
平安神宮
烏丸御池
三条京阪
地下鉄東西線
四条
四条通
祇園四条
八坂神社
五条
五条通
地下鉄烏丸線
⑨
石山寺
京都タワー
京阪本線
京都駅
JR嵯峨野線
⑧
宇治
千本通
堀川通
烏丸通
鴨川

源氏「聖地」マップ

地図・イラスト：錫杖撫莉華

『源氏』や紫式部のことをもっと深く知るために、実際にゆかりの地に足を運んでみてはいかがだろうか。

この付録ではそうした「聖地」をピックアップし、簡単なガイドを付した。

①京都御所　～光源氏生誕の地～

天皇が住み、儀式や公務を執り行った場所。天皇の息子たる光源氏はここで誕生した。現在の京都御所の場所が使用されたのは一三三一年から一八六九年までの約五百年間であり、厳密には『源氏』の時代とは異なるが、紫宸殿《ししんでん》や清涼殿といった数々の建物、蹴鞠の庭や南庭といった庭園など、往時の景観を十分に感じさせるものとなっている。宮内庁に申し込めばガイドや仙洞御所《せんとうごしょ》といった特別拝観エリアも回ることができる（『源氏』とは関係ないが、同じように申し込める桂離宮、修学院離宮はぜひ一度行ってほしい）。

②廬山寺《ろざんじ》　～紫式部の邸宅址地～

京都御所から東に少し歩いたところに、廬山寺はある。天台圓淨宗の大本山で、始まりは天慶元年（九三八）と古いが、統合や焼失などを経て、現在の地に移転したのは天正年間（一五七三～一五九三）である。それから時は流れて、昭和後期に、この地に紫式部の邸宅があったことが、考古学者の角田文衞《つのだぶんえい》による調査で明らかとなった。正確には、紫式部の曾祖父である中納言藤原兼輔から、伯父の為頼、そして父の為時へと伝えられたもので、紫式部はこの地で藤原宣孝との結婚生活を送り、『源氏』を執筆したとされている。邸宅を偲ばせるようなものはほとんどないが、平安朝の庭を表現した源氏庭があり、「紫式部顕彰碑」が建てられている。

③雲林院《うんりんいん》　～紫式部生誕の地か～

淳和天皇（在位：八二三～八三三）の離宮として建造され、貞観一一年（八六九）に僧正遍昭《へんじょう》を招き雲林院と呼ばれ、官寺となった。文学にもよく登場し、特に『大鏡』では雲林院で開かれた菩提講で知り合った老人たちが語り部となる。紫式部、『源氏』とも縁が深く、紫はこの周辺で生まれたとされており、雲林院境内にあった大徳寺塔頭の真珠庵に「紫式部産湯の井戸」がある。『源氏』では、藤壺から強く拒絶された光源氏が雲林院に参籠し、天台六十巻を読みすすめる。

④紫式部墓所　～死してなお愛された紫式部～

雲林院から少し歩くと、小さな墓所がある。そこに祀られているのは小野篁《おののたかむら》と紫式部だ。二人の墓石と石塔、顕彰碑などがひっそりと佇んでいる。小野篁は紫式部より百年以上前に生まれた貴族で、紫式部とはほとんど接点がない。なぜこの二人の墓が並んでいるのだろうか。これには二人の伝説が関係している。まず、小野篁は生前からあの世とこの世を行き来しており、死後に至っては閻魔大王の補佐をしていたという。そして紫式部は、あまりに面白い物語によって人々の心を惑わした廉《かど》で、地獄に落ちたという伝説がある（『雨月物語』など）。おそらく、それではあまりに不憫だと哀れんだ『源氏』のファンが、地獄にも顔が利く小野篁

普通の道に囲まれた一区画に墓所があり、ここだけ静謐な時間が流れている。

に願いを託し、墓を隣り合わせたのではないだろうか。ぜひ二人に祈りを捧げに行ってほしい。

⑤大覚寺《だいかくじ》　～光源氏、最期の地～

弘法大師空海を宗祖と仰ぐ真言宗大覚寺派の本山。嵯峨御所がのちに大覚寺に改められ、今日に至る。天皇の離宮だっただけあって、大沢池《おおさわのいけ》という風光明媚な林泉庭園が控え、中には藤原公任の「滝の音は絶えて久しくなりぬれど名こそ流れてなほ聞こえけれ」で知られる名古曽《なこそ》の滝跡や紀友則詠碑など文化的な香りも高い。『源氏』では、光源氏が出家後にこの地で過ごしたとされている。晩年の光源氏は、この地で過ごしながら、一体どのようなことを考えたのだろう。

⑥野宮神社《ののみやじんじゃ》　～光源氏、お忍びで来訪す～

嵐山の竹林を歩いていくと、野宮神社がある。現在では縁結びの神社として知られているが、かつては天皇の代理で伊勢神宮に仕える斎王《さいおう》が伊勢へ行く前に身を清める場だった（神の奥さんとなるようなものなので、長く都を離れる必要がある）。『源氏』では、斎王となり身を清める（のちの）秋好中宮と、その母親である六条御息所がこの地に滞在しており、

春夏秋冬に違う相貌を見せる嵐山。10 月初旬、平日でも嵐山は賑わっていた。

光源氏がこっそりと六条御息所を訪ねるシーンがある。

⑦嵐山《あらしやま》　～天皇・貴族ゆかりの景勝地～

現在でも京都の観光地として有数の賑わいを見せている嵐山は、嵯峨天皇（在位：八〇九～八二三）が離宮嵯峨院を建てたことで、それ以来、天皇家や貴族ゆかりの地として栄えるようになった。嵐山のシンボルとも言える渡月橋《とげつきょう》は八三六年に造られたと言われ、いかに古くからこの地が親しまれていたか分かる。『源氏』ともゆかりが深く、明石の君がこの辺りを住まいにしたとされる。光源氏の他の妻たちが光源氏によって住む場所を提供されている中、対等な結婚を目指したのだろう（当時は、夫が

宇治橋の紫式部像。紫式部像はいくつか存在しているが、川を背景に、大らかに巻物を開くこの像は特に素晴らしい。

妻の元へ通う通い婚が対等な結婚形態とされていた）。

⑧宇治　〜『源氏物語』終焉の地〜

京都の市街地から南方に位置するのが宇治だ。大和政権の時代から政治の要衝であると同時に、雄大な宇治川で知られる名勝の地だった。平安時代には藤原一族の別荘地となり、極楽浄土を再現しようと、平等院が建造された（なお平等院は、光源氏のモデルと言われる源融《みなもとのとおる》の別荘だった地）。『源氏』の最後の十帖は宇治を主要な舞台としていることから、それらを総称して「宇治十帖」と呼ぶなど、『源氏』とのゆかりは深い。川霧に霞む宇治川が存在し、貴族の別荘地でもある当地は、舞台にぴったりだったのだろう。宇治橋の西詰に紫式部像があるほか、朝霧橋のたもとには浮舟と匂宮の像もある。宇治でなんといっても見逃せないのは「源氏物語ミュージアム」だ。平安時代の宮中を再現したジオラマ、『源氏』にまつわる映像作品の公開、『源氏』関連本を集めた図書室など、『源氏』にまつわる展示が目白押し。『源氏』の世界に身体ごと浸りたいなら、宇治に行ってみるのがおすすめだ。

⑨石山寺《いしやまでら》　～紫式部が『源氏物語』の執筆を思い立った地～

滋賀県・京阪石山寺駅から、瀬田川沿いに歩いていくと小さな山のような寺がある。奈良時代から伝わる名刹「石山寺」だ。受付を済ませて長い階段を上ると、目の前に広がるのはその名の通り険しい石山。ギザギザとした珪灰石が聳《そび》え、その向こうには多宝塔がはっきりと見える。石山の中を縫うように築かれた階段を上ってしばらく歩くと、瀬田川の方に向かって大きく迫り出した月見亭と呼ばれる舞台、更にぐるりと回ると懸崖造りの光堂、神秘的で静謐な八大龍王社《はちだいりゅうおうしゃ》など、見どころの多さに圧倒される。そして本堂に拝謁すると、参籠する紫式部人形と対面することが叶う。いったいなぜ紫式部がいるのだろうか。石山寺が開かれたのは天平一九年（七四七）。平安時代、菅原道真の孫に当たる三代座主の淳祐内供《じゅんにゅうないく》の尽力によって、石山寺は学問の寺としてその名を轟かせるようになる。数々の学者や文人が

文字通りの石山。石山の中をのぼる人を下から見上げると、密やかな修行を思わせる。

この寺を訪れる「石山詣」をすることになり、その中の一人に紫式部がいた。「石山寺縁起絵巻」などによれば、選子《せんし》内親王が物語を上東門院に所望し、その命を受けた紫式部が祈念のために籠ったとされている。その滞在は八月十五夜の頃で、月が琵琶湖に綺麗に映え、その様子に心打たれた紫式部は「今宵は十五夜なりけりと思し出でて、殿上の御遊恋ひしく……」と、流浪の貴人が都のことを思う場面を書きつけ、これが「須磨」帖に活かされたと伝えられている。

⑩福井　～紫式部が都を離れた時代～

紫式部にゆかりのある地はほとんどが京都周辺に固まっているが、唯一外れているのが福井県である。紫式部は二四歳の頃、父親の為時が福井県（越前国）に赴任することになったため、ともに福井県に下った。それ以来、結婚のために京都に戻るまで、約一年間この地に滞在した。そうしたゆかりから、福井県には「紫ゆかりの館」という資料館と、紫式部公園という公園が存在している。JR武生駅からバスに揺られること約二〇分。小さいが、静かで綺麗な場所だ。「紫ゆかりの館」は『源氏』や紫式部にまつわる展示が充実しており、紫式部公園は平安庭園を思わせる造営で、紫式部像が鎮座している。

編者略歴

1992年生まれ。東京都出身。書評家、文筆家。毎日新聞文芸時評担当（2022年4月〜）。TBSラジオ「こねくと」レギュラー（2023年4月〜）。TBS podcast「宮田愛萌と渡辺祐真のぶくぶくラジオ」パーソナリティ。書評系YouTuberとしても活動し、自身のチャンネル「スケザネ図書館」で書評や書店の探訪、ゲストとの対談など多数の動画を展開する。著書に『物語のカギ』、共著に『吉田健一に就て』『左川ちかモダニズム詩の明星』など。

ハヤカワ新書 018

みんなで読《よ》む源氏《げんじ》物語《ものがたり》

二〇二三年十二月 二十 日 初版印刷
二〇二三年十二月二十五日 初版発行

編 者 渡《わた》辺《なべ》祐《すけ》真《ざね》
発行者 早川 浩
印刷所 株式会社亨有堂印刷所
製本所 株式会社フォーネット社
発行所 株式会社 早川書房
東京都千代田区神田多町二ノ二
電話 〇三-三二五二-三一一一
振替 〇〇一六〇-三-四七七九九
https://www.hayakawa-online.co.jp

ISBN978-4-15-340018-4 C0295

未知への扉をひらく

「ハヤカワ新書」創刊のことば

誰しも、多かれ少なかれ好奇心と疑心を持っている。

そして、その先に在る納得が行く答えを見つけようとするのも人間の常である。それには書物を繙いて確かめるのが堅実といえよう。インターネットが普及して久しいが、紙に印字された言葉の持つ深遠さは私たちの頭脳を活性して、かつ気持ちに余裕を持たせてくれる。

「ハヤカワ新書」は、切れ味鋭い執筆者が政治、経済、教育、医学、芸術、歴史をはじめとする各分野の森羅万象を的確に捉え、生きた知識をより豊かにする読み物である。

早川浩